僕の知らない、いつかの君へ

木村 咲

STARTS
スターツ出版株式会社

そう、それはちょっとした悪戯心《いたずらごころ》。誰かを騙《だま》してやろうなんて考えていたわけでもないし、それくらいたいしたことないと思っていた。ちょっと思いついただけの、ほんの悪ふざけみたいなもの。

きみはどんな人なんだろう。顔も年齢も、本当の性別もわからない。本当のことは、何ひとつ知らない。全部嘘だったとしても、俺との会話だけは嘘じゃないと信じたかった。

それは嘘《うそ》と偶然から始まった、まだ知らないきみとの恋の話。

目次

僕の知らない、いつかの君へ

嘘つきなヤマトヌマエビ

「水嶋《みずしま》くん」

教室の入口から聞こえた妙によく通る声。その声の主を見て、一瞬、聞き間違いかと思った。いや、聞き間違いであればいいなと思ったというほうが正しいかもしれない。

「水嶋慶太《けいた》くん、おるかな」

もう一度、教室じゅうに響き渡るような声で呼ばれたそれは、やはり間違いなく俺の名前だった。

野球部で三年の森田篤《もりたあつし》。この学校で彼を知らない人間はおそらくいない。

百八十センチをゆうに超える身長と、広い肩幅、筋肉質な長い腕や脚は、俺たちと同じ制服を着ていてもはっきりと、彼が普通の高校生とは違う本物のアスリートであることを示している。その高校生離れした体格から繰り出す豪速球で、我が校の弱小野球部を甲子園出場に導いた、関西《かんさい》の中学校出身の四番ピッチャー。

校内のどこを歩いていても目立つその彼が、わざわざ野球部でもなくスポーツコースでもない二年生の俺のところまでやってくる理由なんて、まったく思いつかなかった。

「水嶋慶太くん。ちょっとええかな」

日に焼けた肌から白い歯を覗《のぞ》かせて、彼は言った。

俺は昼休みのクラスに残っている全員の視線を一身に受けながら渋々立ち上がる。食べかけのコロッケパンを袋に戻し、とりあえず「食うなよ」と中岡《なかおか》に押し付けておく。さっきまで騒いでいた、普段教室で俺や中岡と一緒につるんでいるやつらも含めて全員が、森田の一声で黙ってしまう。

この教室、体育会系のいない普通科普通コースの中に限っていえば、俺はいわゆる一軍チームに属している。いつもクラスの目立つやつらと一緒にいて、なんとなくそのポジションを守っている。誰に決められたわけでもないけれど、その場所にいれば安全な、ちょっとした高台みたいな場所。

その高台が、ぐらりと揺らぐ。たぶん無意識だろうけど、みんな背筋がすっと伸びている。普段は一軍で威張っていても、森田みたいなやつには誰も敵《かな》わない。「何しでかしたんだよ、慶太」と小声で言った中岡に「知らねえよ」とだけ返し、俺は教室の入口に立ちはだかる黒い壁、森田篤に向かって歩き出した。

教室の中央で固まっていた女子たちも、その中心にいる七瀬《なせ》さんまでもがこっちを見ている。表面的には「わー水嶋くん、大丈夫?」と心配したような顔をしているけれど、有名人の森田がクラスに来たことで、女子はいつもとあきらかに顔つきが違う。緊張してはいるけれど、前髪を触ってみたり意味ありげに女子同士顔を見合わせてみたり、とにかくみんな、森田を意識しているのがばればれだ。

きっと森田に呼び出される俺の姿は、動物園のライオンの餌《えさ》にされる生きた鶏《にわとり》みたいに見えているんだろう。一軍なんていったって、鶏の一軍じゃ何羽いたって百獣の王なるライオンの中の、さらなる王様の相手にはならないってことだ。

スポーツコースのエースと、普通科帰宅部、特に秀才でもなく目立つ悪さをしているわけでもない俺。

大丈夫。身に覚えはない。そもそも森田篤と俺にはなんの接点もないのだ。

「急に呼び出して、ごめんな」

「はい、いや、いいっすけど」

デカイ体の森田のあとを追いかけるようにしてついていく。昼休みの中庭は眩《まぶ》しくて、指定のシャツにベストだけでは少し肌寒い。ブルーのシャツに濃紺のネクタイ、校章の入ったニットのベスト、紺のチェックのズボンに太めのベルト。俺とまったく同じ格好をしているにもかかわらず、森田はちっとも寒そうには見えない。同じ制服のズボンでも、俺のはちょっとだらしなく見えるズボン。森田のはスラックスって感じだ。腰履きにせずウエストに近いところでベルトをしてもダサくならないのはたぶん、尻の筋肉があるからだろう。

「実は俺、美貴《みき》ちゃんのことが好きやねん」

唐突に、そしてその、大きな体つきに似合わないはにかむような笑みを浮かべて彼は言った。

「はぁ」

そこまで驚くようなことでもなく、かといってわざわざ大袈裟《おおげさ》なリアクションをするべきことでもなかった。俺の口からは呆《あき》れたようなため息のようなものが漏《も》れただけだった。

「ごめんな、弟のきみにこんなこと」

彼は申し訳なさそうな顔で言った。

美貴というのは俺の一歳上の姉の名前で、姉は同じ私立高校三年の特進クラスに通っている。とはいえ、一学年に普通科だけで十クラス、スポーツコースと特進クラスが二クラスずつあるマンモス校であるが故に、その姉と俺は同じ学校に通っていても普段、出くわすことはほとんどない。

「はぁ」

俺の口からはやっぱりこんな声が出ただけだった。他になんと言えばいいのか、正直なところまったくわからなかった。

「もう何回も、告白してるんやけど、ずっと無視や」

「……はあ」

「俺、美貴ちゃんに嫌われてるんやろか」

「……どうっすかね……わかんないっすけど……」

真剣な表情で語り掛けてくる彼に悪いとは思うけれど、きっとそういうことなのだろう。さすがに「でしょうねー」とは答えられないし、かといって、希望を持たせるようなことも言えない。

ただひとつ、俺が知っていて確実に言えること。それは、姉の美貴は頭の悪い男と坊主頭が嫌いだということだ。けれどそれは、目の前の彼にとっては致命的なことに違いない。

「もう卒業まで時間がないねん。頼む、慶太くん」

切羽詰まった表情は、全国放送された甲子園の一回戦、八回で同点に追い付かれた瞬間のキャプテンの顔だった。同点からのサヨナラホームラン。十二年ぶりだという我が校の甲子園出場は、キャプテンの涙で幕を閉じた。

高校卒業後はすでにスポーツ推薦で関西の大学への進学が決まっているという彼にとって、姉への想いを成しとげることが最重要事項なのだろう。これだから、体育会系は嫌なのだ。目の前の一球を血眼になって追いかける。まるでイノシシかサイみたいだ。

「協力してくれへんか、俺に」

「え……」

俺のそれとは色も質感もまるで違う両手が俺の手を握っている。これまでの人生のほとんどを、照りつける太陽の下で生きてきた男、たぶん俺とは正反対の男。

返事をしたつもりなんてなかった。けれど彼の熱に負けた脳は勝手に筋肉に指令を出したらしい。俺の首はこくんと縦に振られていた。

「……ありがとう！　慶太くん！」

「……っぷ」

勢いよく大きな体に抱き締められ危うく窒息しそうになる。満面の笑みでスマホの連絡先の交換を強要されたあと、ようやく解放された俺はなかば呆然《ぼうぜん》とした状態で教室へと戻った。

中岡に預けておいたコロッケパンの残りを受け取ると、「で、どうだったんだよ」と興味津々の顔で問い詰められる。

「どうって……？」

「だーかーらー、呼び出しの理由だって。慶太、森田なんかと接点ないじゃん」

中岡はあっさり森田と呼び捨てにしたが、やつの目の前で森田をそう呼ぶ勇気のある男じゃないことは間違いない。

「姉貴だよ、姉貴」

答えてからコロッケパンを口に押しこむ。あと四分で、昼休みが終わる。

「慶太の姉ちゃん？」

「ああ。好きなんだって、姉貴のこと」

「へえー。美人だもんな、慶太の姉ちゃん」

中岡は、ひとりで納得したようにうんうんと頷《うなず》いている。

「性格は最悪だけどな」

「そうかあ？　俺は、慶太の姉ちゃんにならら蹴《け》られても縛られてもいいけど」

「気持ちわりぃこと言うなって」

姉の美貴が美人だということについては否定しない。見た目が整っているからといって、それは両親から受け継いだ遺伝子の賜《たまもの》なのであって美貴が偉いというわけでは決してない。それに加えて姉は美人だが性格にまったくといっていいほど可愛《かわい》げがない。美人と言われる女子より可愛いと言われる女子のほうが遥《はる》かにハイレベルだと思う男は、俺だけじゃないと思う。

中岡が、「ってか彼女ほしー」と呟《つぶや》いたところで昼休みの終わりを知らせるチャイムが鳴り響く。口の中のコロッケパンの味をコーヒー牛乳で洗い流すように飲みこんだ。

放課後、スマホをチェックすると早速、森田篤からのメッセージが届いていた。タップしなくても画面に勝手に表示される一行目。

【これからよろしくな！　我が弟よ！】

「なんだよ、弟って」

いかにもウザくて一行目からすでに暑苦しいその内容に、既読をつけてしまうのが面倒で、メッセージの続きは確認せずに画面を閉じる。

せっかく授業が終わったっていうのに、ちっとも気持ちはすっきりしない。面倒なことを抱えてしまったからか、教室から学校を出るまでの距離がいつもよりずっと長く感じる。

各学年が一斉に動き出す下校時刻の渡り廊下には、中庭からの砂埃《すなぼこり》が舞い上がる。

「水嶋くん」

背後から聞こえた、鈴を転がすような声。振り返るとそこには、七瀬さんがいた。

思いもよらない人物に名前を呼ばれたのは今日で二回目。七瀬さんに呼び止められる理由も、森田篤に呼び出される理由と同じくらいにわからない。

「……え、何？」

「あ、あのね、水嶋くん」

「うん？」

七瀬さんが少しだけ、言葉に詰まる。一年生のときから同じクラスだけれど、ふたりだけでまともに話したことはない。席が近くなったときに何度か、それこそもう覚えていないくらいの他愛《たわい》ないやり取りをした程度。

中庭に面した渡り廊下には下校する生徒と部活に向かう生徒が逆方向に通り過ぎていく。向かい合う俺たちに無遠慮な視線を投げ掛けては、声を掛けずに去っていく。

「途中まで、一緒に帰ってもらえない？」

七瀬さんは言った。「だめかな？」と俺の顔を下から覗きこむように見上げるその表情には、断られる恐怖や緊張感のようなものは感じられない。

「……いいけど」

俺の返事に嬉《うれ》しそうに笑う七瀬さん。

「よかった。じゃあ行こ」

くるりと俺に背を向けて歩き出す。七瀬さんはまるで前にもこんな風に一緒に帰ったことがあるみたいに自然に、ふわふわの髪を揺らしながら下駄箱に向かう。

七瀬さんは可愛い。というのは俺のクラスの男子生徒全員の共通認識だ。女子のナンバーワンというのは言うなれば不動の安全パイ。「お前のクラス可愛い子いる？」なんて他のクラスのやつから聞かれたときに、七瀬さんの名前を答えておけばまず間違いない。変に自分の好みを露呈してしまうようなことにもならないし、「えっ、そんな可愛いくなくね？」とか言われることもない。誰が見ても納得の完璧な模範解答だ。

周囲の視線を気にしながら、七瀬さんと並んで校門を出る。若干の優越感と、理由がわからないことへの不安でなんとなく落ち着かない。短く折り上げたスカートは、七瀬さんによく似合う。自信たっぷりに出した脚を見せつけるように、ひらひらと風に踊っている。

「いきなりごめんね」

と七瀬さんが言った。

「びっくりしたよね。ごめんね、水嶋くん」

当たり前だ。なんで急に誘ったのか、すぐに説明してくれない七瀬さんの思わせぶりな態度にちょっと苛立《いらだ》つ俺。

「何か理由があるんだろ？　何？」

「……実はね、わたし、最近帰り道にあとをつけられてるみたいなんだよね。知ってる人なんだけど、気付いたらだんだん気持ち悪くなっちゃって」

七瀬さんは両方の眉《まゆ》を八の字にさせて、困った顔をして見せた。

「水嶋くんが、途中まで同じ道を通るの知ってたから、だからお願いすることにしたの。本当にありがとう」

「……いいよ」

七瀬さんは可愛い。そして、自分が可愛いことを知っている。自分がクラスのナンバーワンだということも。

「あとをつけられてる相手って、誰?」

俺が尋ねると、七瀬さんはキョロキョロとあたりを見回した。

「よかった。今日はいないみたい。あのね、違うクラスの男子なんだけど、すごい気持ち悪いんだよね。一度も話したことだってないんだよ。なんか暗い感じだし、なんていうか……」

七瀬さんは嫌いな食べ物の話でもするように、心の底から嫌そうな顔で続けた。

「なんていうか、何?」

「いかにも陰気で、オタクっぽいの。ほら、爬虫類《はちゅう》とか魚とかさ、飼ってそうな感じ」

七瀬さんはそう言って、「気持ち悪いでしょー?」と、俺に同意を求めるような顔をして見せた。

俺は何も答えなかった。それと同時に、なんだかとても残念な気持ちになった。何かを「気持ち悪い」と言う七瀬さんは、いつもの可愛い七瀬さんではなかった。誰にでも笑顔で接するクラスのアイドル。可愛くて優しい七瀬さん。という、俺の中の勝手なナンバーワン像が崩れ落ちた瞬間だった。

「あとをつけられてて気持ち悪いっていうのはわかるけど」

ん? なあに? という感じで七瀬さんが振り返る。俺はわざと、七瀬さんの一歩後ろを歩いている。

「魚とか爬虫類とか飼ってそうだから気持ち悪いっていうのは、俺にはわかんないかな」

七瀬さんは、ちょっと困ったような顔をする。同意してもらえると思っていたからなのか、気持ち悪いのが正論と思っているからなのかわからないけれど。その困った顔でさえ可愛いんだからたちが悪い。

あとをつけてきているやつが、いかにも陰気でオタクっぽいから気持ち悪いとか、話したことがないっていうのもひょっとしたら七瀬さんがそう思ってるっていうだけかもしれない。無意識に思わせぶりなことをしたことがある可能性だってなくはない。七瀬さんがときどき裾を気にしているその短いスカートだって、男からすればもう十分思わせぶりなのだ。もし追いかけてきたのが例えば中岡とかだったりしたら、七瀬さんだってたぶん普通に話し掛けていたはずだし、勇気がなくて七瀬さんに話し掛けられないやつと本物のストーカーとでは、ぜんぜん意味が違ってくる。

話したこともないやつに、あとをつけられているから気持ち悪いと言う七瀬さん。だけどふたりでちゃんと話したこともない俺に、一緒に帰ろうと言ってくるだけの度胸はある。

きっと七瀬さんは無意識に、自分を正当化しているんだろう。

たぶん本音は『陰気なオタクっぽいやつは近寄んな、キモーイ！』、それを理由に

『とりあえず一軍の水嶋くんでも誘っとこー』ってところか。

手当たり次第に男たちを引き寄せておいて、寄ってきた中からピックアップしたり撥《は》ね付けたりする残酷なやり方は、いかにも自分に自信のある、可愛い女子って感じだけれど。

「ありがとう。ここまでで大丈夫」

学校近くのバス停まで来ると、七瀬さんは笑顔で言った。

「明日も、お願いしてもいい？」

断られる心配なんてひとかけらも感じさせないその整った顔で、七瀬さんは首を傾《かし》げて見せた。

「ごめん。今日だけで勘弁」

俺の返事に「えっ」と目を見開く七瀬さん。

「俺も飼ってるんだよね、魚」

七瀬さんの少し崩れた表情に背中を向けて、バイト先の方向に歩き出す。ほんの少し残念な気持ちと、もったいなかったかなという気持ちがまだ胸の奥に残っていた。

高校一年の春、バイト先を探していた俺が偶然見つけた求人広告。『アクアリウムショップ　タートル』。店長の名前が亀田《かめだ》だからという理由でつけられた店名だ。

第一印象は『暇そうだし、ラクそう』。体力仕事でもスマイルゼロ円でもない、とにかく楽なバイトを探していた俺は、求人広告を見た次の日には履歴書を持って店を訪ねていた。注意していないと通り過ぎてしまいそうな目立たない場所にその店はあって、店頭にはそこらから拾ってきたみたいな石や流木といったがらくたみたいなものばかりが並んでいた。

薄暗い店内からは、うっすらと光が漏れていた。その光に導かれるようにおそるおそる一歩足を踏み入れると、そこは水の中の楽園だった。水草と苔《こけ》の鮮やかな緑に、色とりどりの魚たち。小さな水槽《すいそう》の中にあるとまるで大きな岩のように見える石や、大きな木の根みたいに見える流木の間を縫うようにして、色とりどりの魚たちが自由に泳ぎ回る。一瞬、息をするのを忘れるくらいの美しい世界がそこにはあって、そのときから俺は、アクアリウムの虜《とりこ》になった。

飛びこみ面接の結果は、その場で合格。店長は、履歴書なんてほとんど見てもいなかった。

アクアリウム専門店なんて、いかにもマニアックだし客も少ないだろうという俺の予想どおり、店が客でごった返して忙しくなるなんてことはないし、希望したとおりに休みがもらえるし。おまけに店長の亀田さんはかなり気のいいオジサンで、嫌なところのまったくない珍しい人だった。

亀田さんは金魚すら飼ったことのない俺に、水槽のことを一から十まで教えてくれた。バイトを始めて一年たった今では、店の水槽の世話やメンテナンスのほとんどを任せてもらえるようにまでなった。それでもそれだけでは満足できなくて、ついに自分で水槽を買って、自分の部屋でもアクアリウムを始めた。

バイトで稼いだ金の半分近くは自宅のアクアリウムに費やしているから、結局はなんのために始めたバイトなのかわからなくなってしまっているのが正直なところ。見た目も中身もいわゆる〝チャラい〟部類にいる俺が、このいかにもオタクっぽい趣味にどっぷりはまってしまってることを知っているのは、姉の美貴と親くらいだろう。

「お帰り、慶太」

「お疲れ様です」

亀田さんの「お帰り」にはなんとなく愛情みたいなものが感じられる。その愛情が俺にはくすぐったくて、本当は「ただいま」って返事をしたくなるときもあるけれど、やっぱりちょっと照れくさい。

亀田さんは中肉中背のどこにでもいる普通のオッサンだ。歳はちゃんと聞いたことはないけれどたぶん五十歳とかそれくらい。服のセンスがいまいち微妙で、たまに首元がよれよれのTシャツを着て店に立っていたりする。今日はちょっとお洒落《しゃれ》をしているつもりなのか、白髪の交じり始めた頭にちょこんとかぶっているのはグレーのニット帽。白髪にグレーの帽子は変ですよ、と言おうとしたがやめておいた。

「産まれたよ」

亀田さんは言った。

「まじすか」

出産間近だったプラティを隔離しておいた小型の水槽に目をやると、中には小さな稚魚がうじゃうじゃ泳いでいた。

「あ、本当だ」

店の入口付近には、レイアウト用の流木や石、奥へ進むにつれて砂利やソイル、水草や水槽、ポンプやヒーター類、チューブといった器具のコーナーがある。店のさらに奥には、人ひとりがやっと出入りできるくらいの通路、両脇にレッドチェリーシュリンプやグッピー、バルーンモーリーやベタなんかの水槽がずらりと並んでいる。どれも水は透き通っていて、生きものたちは通り過ぎる客を優雅に泳ぎながら眺めている。

ひとつひとつ、水槽の中はその魚に似合うレイアウトがされていて、それらを眺めるたびに、亀田さんは見た目に似合わずやっぱりアーティストなんだなと思う。マニアの間では有名な賞をいくつも受賞しているらしい亀田さんは、実はただの気のいいオッサンではないのだ。

赤と白の鮮やかなレッドチェリーシュリンプの水槽には、バックに流木に活着させた濃い緑のアヌビアスナナや明るい緑のアマゾンソード、手前には緑の絨毯《じゅうたん》みたいなグロッソスティグマが敷き詰められている。まるでエビの楽園のようなその水槽は、店長が俺に水草水槽の作り方の基本を一から教えるために目の前でレイアウトしてくれたものだ。

「レッチェリ、増えましたね」

「このうようよいる感じがいいだろ。エビ王国」

店長は嬉しそうに水槽を眺めている。

指先に乗るほどの小さな小さなエビであるレッドチェリーシュリンプは、目が覚めるような鮮やかな赤と白の縞模様《しまもよう》が特徴だ。小さくて、混泳させると魚に食べられてしまうこともあるので、専用の水槽にエビの楽園を造って販売している。マニアの間ではとても人気のある品種だ。

レッドチェリーシュリンプの水槽の隣には、豪華な尾びれを見せつけるように優雅に泳ぐ真っ青なベタ。喧嘩《けんか》っぱやいベタは、基本ひとつの水槽に一匹でしか飼うことができない。それでも人気があるのはその強さと逞《たくま》しさ、一匹でも迫力のある見た目の華やかさのおかげだ。

不思議なことに、一匹でしか飼うことができないはずのベタさえも、店長の手にかかれば飼い慣らして他の魚と一緒に泳がせることができる。店に来たお客さんは、他の魚と同じ水槽で一緒に泳ぐベタを見て、えっと驚くことも多い。俺だって「魚を飼い慣らす」ことができるなんて、ここで働くまでは想像すらしたことがなかった。

いつものように、掃除や餌やりなどの仕事を淡々とこなしていく。バックヤードにある掃除や水替えのためのスペースと、店内の水槽の間を何度も何度も行き来しながら、生きものたちの様子を見る。病気になっているやつはいないか、いじめられたり攻撃されているやつはいないか。亀田さんは、ときどき俺に「ここはこうしたほうがいい」なんて助言をくれることもあるけれど、ほとんどはレジの横に座ってのんびりとアクアリウム専門の雑誌を読んだり、新しい水槽のレイアウトに勤《いそ》しんでいたりするから、この店の水槽にいる生きものたちの健康状態は、ほとんど俺にかかっていると言ってもいい。

バイト中にもかかわらず、俺のポケットのスマホはじゃんじゃん鳴っている。ここではそんなことでうるさく言われることはないし、電話が鳴ったら遠慮なく出ていいと亀田さんからは言われている。どうせＬＩＮＥグループの誰かが無意味なメッセージかスタンプでも連打してるんだろうと思いながら、濡《ぬ》れた手をタオルで拭《ふ》いてポケットのスマホを取り出した。メッセージの送り主は中岡だ。一回の送信で済むメッセージを無意味に短文に分けて何度も送信してきている。

【なあ】

【きょう七瀬さんと帰ったらしいな】

【てかなんでお前なの】

【まさか付き合ってる!?】

【説明しろよーーーー】

【おい】

最後に変なスタンプで締めくくられたメッセージ。めんどくさいやつ。と思うけれど、しつこく送ってくるあたりいかにも中岡らしい。ここで既読スルーにするとそれこそ面倒なことになるからわざと、【教えねー】とだけ返信しておく。

中岡の顔を想像して笑いがこみ上げる。俺が七瀬さんと付き合えば、たちまち学年じゅうが大騒ぎになるだろう。あの帰り道を通るやつなんて山ほどいることくらい、俺にだってわかっている。七瀬さんが、誰でもよくて俺と帰ったわけじゃないってことも。

「明日もっていうのを断ったの、やっぱもったいなかったかな……」

ちょっと後悔しながら、ポンプを使って順番に水槽の水替えに勤しむ俺。ポケットのスマホは相変わらずじゃんじゃん鳴っている。中岡だって、俺が七瀬さんよりアクアリウムを選ぶなんてきっと思わないだろう。

赤と青の小さな体をきらきらと光らせて泳ぐカージナルテトラの水槽にポンプをつっこんで、砂の間を掃除してやる。カージナルテトラは群れを作って泳ぐ姿が綺麗《きれい》だけれど、いつも安全が確保されている飼い慣らされたこいつらは、普段はあまり群れを作って泳がずに、一匹一匹、それぞれの場所で好きなように光っている。だけどこうして俺が掃除を始めると、怖がってすぐに群れを作って逃げていく。

「ったく。綺麗にしてやってんだから、びびんなよ」

だけどやっぱり、群れて同じ方向に逃げているときのこいつらは、すごく綺麗だ。みんな同じ制服を着て、先生がいるときはみんな同じ方向を向いて、本当はひとりひとりばらばらなのに、まとめて高校生って呼ばれてる俺たちと同じ。

ライトアップされた水槽が綺麗に見えるようにいつも薄暗くしてあるこの店は、日が暮れて外が暗くなるにつれて、客足が増える。そもそも、アクアリウムショップは午後から開店し、夜遅くまで営業しているという店が多い。ライトアップされた水槽の中を泳ぐ鮮やかな生きものと、ゆらゆら揺れる水草の緑のコントラストの美しさは夜になって初めて本来の魅力を発揮する。

夜十時、高校生が働けるギリギリの退勤時間。うちの店の営業時間は午後一時から夜中の一時まで。夕方のうちに水替えなどのメンテナンスを済ませておいたから、あとは店長ひとりでも店は十分営業できる。

「お疲れ様でーす」

「お、もうそんな時間か。気を付けて帰れよ」

店長に送り出され、店を出る。

帰り際に振り返って眺める店の中は、出勤してきたときとはまったく印象が違って見える。青白く照らされた水の中はまるでひとつのアートみたいで、たくさんの水槽が並ぶ店内は光る美術館みたいだ。きらきらと揺らめく夜の水槽をもう少し見ていたい、後ろ髪を引かれるような思いで家へ向かった。

学校、バイト先、自宅。学校が休みの日は、バイト先と自宅。俺の行動範囲はかなり狭い。徒歩圏内に生活のすべてがあって、それが便利でもあり退屈に思うこともある。学校のあとでクラスのやつらとカラオケなんてこともたまにはあるけれど、それが楽しいかっていうと、本当のところ微妙だったりもする。

「ただいま」

自宅のドアを開け、暗い玄関の電気をつける。築年数は古いけど、いちおう３ＬＤＫの、こぢんまりとしたマンション。家の中から返事はない。美貴は部屋で勉強でもしているのだろう。家の中はしんと静まり返っている。

父親はいない。小学校二年のときに両親が離婚して以来、年に何度かしか会うことはないような関係だ。母親は看護師で、夜勤が多く普段家にいるのは俺と姉の美貴のふたりだけ。さすがに寂しいとか心細いなんていう歳ではなくなったけど、小学生の頃までは、鍵を持ってひとりで電気の消えた家に帰るのが嫌だった。姉貴が帰ってくるまでは、静かな家にひとりぼっちでいるのが怖くてテレビばかり見ていた。

誰かに頼ることを嫌う母親は、俺たち姉弟に家事を徹底的に教えこんだ。その甲斐《かい》あって、俺も美貴も簡単な料理や掃除に洗濯、アイロンくらいはお手の物だ。

俺に割り当てられているのはもともと親父の書斎だった八畳のひと部屋で、鍵はない。ドアノブの調子も少し悪い。

いつものように美貴の部屋から少し灯りが漏れているのを確認してから、母親が夜勤前に用意してくれている、台所にある晩飯を持って自分の部屋のドアを開ける。

青白い光に包まれた、小さな空間にゆらゆらと光が揺らめいている。シンプルなベッドと親父が使っていたデスク、締め切ったカーテン。青白い光を放っているのは大小合わせて四つの水槽だ。

今日も一日、頑張ったご褒美に出迎えてくれるのは、俺が作った水の中の楽園。俺の帰る時間帯ぴったりにライトアップされるように、水槽に取り付けたライトのタイマーをセットしてある。

デスクに晩飯のトレイを置いて、パソコンの電源を入れる。目の前の白い壁には青い光が波打つように映し出されている。パソコンの画面に表示される、ブルーを基調に水中をイメージしたトップ画像。そこに白抜きの文字で現れるタイトル『Miki's Aqua Room』。俺の部屋の水槽の写真をアップしているブログのトップには、勝手に拝借した美貴の後ろ姿の写真に、管理人『ミキ』の名前。メニューにはブログと水槽の立ち上げから管理方法、メンテナンスのやり方なんかも載せている。

なぜ管理人を『ミキ』にしたのか。その理由は特にない。本当に単なるおふざけみたいなものだ。

しいて言うなら、アクアリウムマニアの男子高校生がやっているブログより、若い女の子のブログのほうが、食い付きがよさそうな気がしたことと、たまたまトップ画面にちょうどいい、なんとなくいい感じに見える美貴の後ろ姿の写真があったから。だから管理人の名前も『ミキ』にした。ミキなんて名前は全国どこにでもいるし、後ろ姿の写真だけで本人を特定されることもないだろう。

それ以来、俺は『ミキ』として、このブログを更新し続けている。このことは、俺以外、誰も知らない。もちろん美貴も。

昨日は水槽の掃除担当のヤマトヌマエビの記事を載せた。ただのエビの記事なのに、男たちが、『ミキ』に下心を持ってか『ミキさんのヤマト、可愛いですね！』なんてコメントを残していたりするからちょっと笑える。コメントに愛想よく返事をしてやると、彼らはまたブログを覗きにやってくる。会えもしない、顔もわからない相手のブログにせっせと通う気持ちは理解不能だ。

ヤマトヌマエビ、可愛いですよね。わたしも大好きです！
うちの子は、特に優秀なお掃除屋さんですよ！
ミキ

相手のブログを覗いてみると、やっぱり向こうもアクアリウム好きなオタクであることがほとんどだ。コアなアクアリウム好きの女の子なんて珍しいから、ミキに興味が湧くのだろう。

ミキさんは女だから、やっぱりレイアウトが繊細だなぁ！　俺も見習いたい！
魚クン♂

「男だけどな」
レイアウトを褒められるのは嬉しいけれど、やっぱりちょっと笑ってしまう。ミキって名前と後ろ姿の写真だけで、どうしてこうも簡単に女だって信じられるんだろう。こんなのいくらでも嘘をつけるのに。

魚クン♂さん！　はじめまして！
レイアウトにはこだわりがあるので、褒めてもらえて嬉しいです！
また遊びに来てね♪
ミキ

ミキになりきって、可愛いコメントを返すのだってもう慣れたものだ。こんな風にオタクに夢を与えている俺っていいやつじゃん。なんて自画自賛しながらいつものようにコメントをチェックしていくと、見慣れない名前の、しかも長文のコメントを発見した。
思わず画面に近づいて、ちょっとお堅い感じの文章を目で追う。

ミキさんこんにちは。はじめまして。
今日は勇気を出して初めてコメントしてみました。
ミキさんのアクアリウムは、わたしにとって一番の癒やしです。
水草の緑と、魚たちの鮮やかな色や姿を観ていると、心が落ち着きます。
水中にある流木や石が、まるでほんものの森の中にいるような不思議な感覚！

水槽って生きている芸術なんだなーなんて。

今日もちょっぴりショックなことがあったけど、ミキさんのブログを見たらなんだか落ち着きました。

いつもありがとうございます。

ナナ

「……ナナ、か」

思わず呟く俺。

女の子なんて珍しいな。とつい思ってしまったけれど、この『ナナ』だって、本当に女の子なのかはわからない。オバサンか、ひょっとしたらハゲのオッサンか。俺と同じように、嘘をついているかもしれないのだ。だけど、もし男だとしても、このなんだか妙にかしこまった真面目《まじめ》なコメントには、俺も真面目に返事をしたいと思った。いちおう、ミキとしてではあるけれど。


ナナさん、はじめまして。

勇気を出してコメントをくれてありがとう。

アクアリウムが生きている芸術かぁ。スゴイ。

そう言ってもらえると、嬉しくなります。わたしも、小さな水槽の中で命が循環していく様子を眺めているといると心がすごく落ち着くから。

ショックなこと？　わたしも今日はちょっと色々と大変な一日でした。

おなじだね。

ミキ

真面目に返事をしていたら、ついつい自分のことまで書いてしまった。本当に、今日はなんだか大変な一日だった。森田に呼び出しをくらって、変な告白までされて、おまけにうちのクラスのナンバーワンの七瀬さんとふたりで帰ることになって、なんだか思わせぶりな七瀬さんの態度に妙にドキドキしたりして。だけど七瀬さんが魚を飼っているやつのことをオタクっぽくて気持ち悪いなんて言うもんだから、誘われて多少はときめきを感じたクラスナンバーワン女子に勝手に玉砕。

玉砕っていってもアクアリウム好きってことを隠しておけば、その後何か発展したのかもしれないわけだけれど、なんとなくそれは、嫌だった。譲れなかった。それに、七瀬さんのあの顔も。

しばらく『ナナ』のコメントを眺めたあと、書いた返事を送信してからふと気になって、マウスを滑らせ『ナナ』の名前をクリックした。

ナナのブログのページに飛ぶと、装飾のないシンプルな白い画面に、丸っこい書体で表示された毎日の日記が目に入る。フォトコーナーのトップには丸々とした茶色い子犬の写真。写真だけを順番に見ていくと、写っているのはその丸々とした子犬がほとんどだ。子犬の他は、空の写真。青空もあれば、夕焼けの空の写真もある。

アップされているのは子犬と空の写真ばかりで、自己顕示欲のかたまりみたいな女子たちのFacebookやブログとは、雰囲気がまるで違う。ナナのブログはお世辞にも、女子っぽいとはいえなかった。

例えばばっちりフルメイクで斜め上から何度も取り直したであろう自撮り写真とか、アプリで加工したカフェのランチ写真とか、そういった、このブログを見るであろう他人の目を意識したものが一切ないブログ。子犬の写真に偶然写ってしまったらしい彼女の左手、子犬の背中を撫《な》でる優しそうなその手には、ぎらぎらのネイルやブレスレットや指輪の類《たぐ》いは何もついていなかった。

自由に閲覧できる日記の内容も、誰かに読まれることを想定していないのかと思うくらい、ごくごく普通の日常のことだけが、毎日欠かさず淡々と綴《つづ》られている。俺はその、誰かに見られることを一切意識していないシンプルなブログに妙に好感を持った。

俺の（ミキの）ブログにコメントをくれた、今日の日付の日記をクリックして開く。

10月10日
今日はここ最近で、一番ショックな出来事があった。こんなことで落ちこんでしまう自分が嫌になる。
気になるくせに、聞けない自分も、悔しいくせにどうにも行動できない消極的な自分も。
だけど、帰ってきていつもみたいにミキさんのアクアリウムの画像を眺めていたら、なんだか勇気が湧いてきた。その勢いで、なんとミキさんのブログにコメントしてしまった！　自分の勇気を褒めてあげたい。

彼女の今日の日記はそこで締めくくられていた。

「自分を褒めてあげたいって……」

大袈裟な！　と思わずひとりでぷっと噴き出してしまった。

「ナナ、ねえ……」

今日何度目かの独り言。振り返ると、『ナナ』が絶賛してくれた俺の水槽が、ゆらゆらと光を放っている。心なしか、いつもよりも綺麗に見えた。

悩める魚たち

「で、なんなんだよー昨日のアレ」

前の席の中岡が振り返って、朝礼ギリギリに登校してきた俺に向かって言った。

アレっていうのはたぶん昨日の七瀬さんとのことだと思う。しつこくメッセージを送ってきた中岡に、【教えねー】とだけ返事をして、あとはスルーしていたからだ。

「なんだよ、教えないって。慶太が七瀬さんと仲いいなんて、聞いてないし、俺」

小声でぼやく中岡に「べつに、仲よくはないけどな」と返す。

「じゃあなんで一緒に帰るんだよー、なんでー」

ねちっこい中岡の絡みは一度始まると本人が満足するまで終わらない。めんどくさいけどちょっと面白くなってついい笑ってしまう俺。

「なんでいつも慶太ばっかモテンだよー」

「モテてねえから」

「モテんじゃん。中学んときのほら、あの、女《じょ》バレの後輩の子とかさあ」

「うるせーって」

中岡が余計なことを言い出したので、椅子のケツをつま先で下からドゴっと蹴り上げる。

中岡とは、中学から一緒だったメンバーの中で高校でも唯一同じクラスになった腐れ縁だ。高校からできた友達とは違う、なんとなくお互いに恥ずかしい部分を知り合っている妙な安心感がある。だけど、俺が中学の卒業式目前に告白された女子のことや、何ヶ月かだけ付き合ってすぐに別れた元彼女のことまで知っているから、油断して喋《しゃべ》らせておくとちょっとめんどくさいことになる。中岡だってまったくモテないわけじゃないけれど、このお喋りで調子に乗りやすい性格が、ちゃんとした彼女ができない原因だと思う。

「七瀬さん、なんかストーカーみたいのに、あとつけられてるらしくてさ、俺はボディーガード的な」

「ボディーガード？　なんで慶太なんだよ？　俺だっていいじゃんそこは」

「そんなの知らねえよ。七瀬さんに聞けよ」

俺が突き放すと中岡がぷうっと頬を膨《ふく》らまして見せる。

教室の窓際には目立つ女子のグループが固まっていて、その中心にはやっぱり七瀬さんがいる。

「七瀬さん、今日も可愛いよな」

中岡がしみじみといった感じで呟いた。確かに相変わらず可愛い七瀬さんだけど、昨日まで見ていた七瀬さんとはなんだか違う人に見える。ぜんぜんしていないように見えて実はバッチリなメイクとか、無造作に見えて実は計算されたフワフワの髪の毛とか、短めのスカートとか、ちょっとだけ大きめのカーディガンの袖口から、ちょっとだけ出した指先とか。

「……俺はなんか、違うかな」

なんとなく、口から勝手に出た言葉。だけど中岡はそれを聞き逃さなかった。

「違うって、何が」

「いや、俺は、七瀬さんはなんか違うかなって」

「一緒に帰っといて、何が違うかなーだよ！　いい加減怒るぞ俺も」

「うるせえな。昨日が最初で最後だって。もうボディーガードも辞職したし」

「え、嘘だろ!?　もったいねぇー！」

中岡が大袈裟に天井を仰いだところで担任が教室に入ってきた。窓際に集まっていた目立つ女子も、好き勝手に騒いでいた男子もすっと席に戻る。

一年の頃は調子に乗って担任に逆らったりしていたやつらでも、最近では大学の指定校推薦を意識して、担任や教科担当に目をつけられるのを極端に嫌がり始めている。

俺たちのクラスは普通科文系、私立大学だけを受験するやつがほとんどだ。国公立や有名私立大を受ける姉貴みたいな頭のいいやつらは特進コースで、あわよくば指定校推薦を狙っているのは俺たちみたいな普通科の文系と理系の生徒。二年のこの時期の成績や生活態度も、指定校推薦の点数に加味されるらしいからと、最近はみんなそわそわして落ち着かない。同じ指定校を狙っている者同士は水面下でライバル意識を燃やしている。

　そんな中、俺はまだ、なんにも決めることができていない。

「この間の校外学習の感想文、まだ出してないやつは早く出せよー」

　担任のタケノコが、黒板に提出期限いついつと書いている。タケノコの本当の名前は武本《たけもと》。一年のとき、初めてみんなの前で自己紹介をした武本が、滑舌がよくないせいでどうしても『タケノコです』って言ったようにしか聞こえなかったこと、武本の髪形はかなり昔に流行《はや》っていたらしいベッカムヘアーで、頭がとんがっているように見えること。それに気付いたクラスの誰かが『ってか、タケノコじゃね？』って言ったその日から、武本のニックネームはタケノコになった。自分の名字をしっかり発音できないなんて可哀想《かわいそう》だけれど、本当にそう聞こえてしまうんだから仕方ない。それにそう呼ばれているのに気付いていながら髪形を変えないタケノコも、案外このニックネームが気に入っているのかもしれない。

「感想文提出なんてあったっけ？」

　振り返った中岡が小声で聞いてくる。一年に一度ある秋の校外学習は、先週行ってきたばかりだ。

「俺もう提出したし」

　俺が答えると「まじかよ、抜け駆け」と中岡。抜け駆けの使い方が意味不明だ。

「感想文と同時進行で、グループに分かれて合同で壁新聞を制作してもらうぞー」

あちこちから「えーまじで」とか「えー嘘ー」とか、控えめに呟いているのが聞こえてくる。

黒板の感想文提出期限日の下に、タケノコが『壁新聞制作』と書いている。なんでもこの学校では、思考力や構成力、協調性を養うためだとかなんとか言って、二年のときに壁新聞を作らせるのだと言う。以前姉貴がぶつぶつ言っていたのを思い出した。新聞の記事の内容は、今回の校外学習で学んだことをまとめたものであること。手書きはもちろん、写真やパソコンなどの使用も自由。ただしきちんとグループで相談して記事にすること、どこかから持ってきた記事をそのままコピーで使用するのは禁止。新聞の枚数は自由、記事の数も自由。ただし、紙面を埋めるためだけにやたらと大きい文字や写真やイラストを多用するのは禁止。完成した新聞は文化祭で教室に掲示するため真面目に作成に取り組むこと。

クラスごとに行き先とコースを選ぶところから始まった、今回の校外学習で、うちのクラスが選んだのはスカイツリーから浅草へ向かうコースだった。都内の観光地を自ら歩いてリサーチする、というのが学習目的だったけれど、ほとんどが自由行動だったこともあり、みんな好き勝手に歩き回っていただけだ。それをいきなり新聞記事にと言われてもちょっと無理がある。

「窓際から二列目までがグループ1、次の二列がグループ2、廊下側の二列がグループ3なー。模造紙は記事の内容が決まったら各グループの代表が職員室に取りに来るように」

突然のグループ分けにクラスがざわついている。壁新聞なんて小学校以来だ。タケノコが指示し終わるやいなや、みんながみんな自分の列と隣の列のメンバーを確認する。グループで相談してひとつのものを作る、という作業は、メンバー次第で難しくも簡単にもなるからみんな必死だ。

「模造紙は何枚使ってもいいぞー。一枚でもいいし十枚でもいいぞー。社会科の評価にも入れるから真面目にやるように！　一番よかったグループにはご褒美もあるぞー」

ざわつくみんなに向かってタケノコが大声で言った。みんなは「えー！」とか「成績に入れるとかひでー」なんて騒いでいる。「ご褒美ってなんすかー？」と誰かが聞くと、「それは秘密だな」とタケノコはニヤリと笑って見せた。みんなにいじられながらも、なんだかんだでクラスの雰囲気を和ませてくれようとするタケノコのこういうところは嫌いじゃない。

社会科の成績に入ると聞いて、余計にみんなの顔つきが険しくなっていた。グループの壁新聞が個人の評価に加点されてしまうと、適当にーなんて言っていられない。

俺は振り返って、自分のグループになった列のメンバーをチェックする。中岡は俺の前の席だから、同じグループ。だけど中岡はバカだから、こういうときはまるで頼りにならない。俺の隣の列の最後尾の七瀬さんも、同じグループ。振り返った俺と目が合って、にこっと笑う。昨日のことはもうなんとも思っていないのか、ほっとしたような複雑な気持ちになった。

朝礼が終わり、タケノコが教室を出ていくと、みんながざわざわと立ち上がる。二列ごとに分けられたグループの中で、すでにリーダー的な男子が「とりあえず全員ID交換なー。放課後集合」なんて言い出していたりする。「俺部活あるし無理」なんて言うやつもいるけど、「じゃあ部活あるやつは各自、家で最低いっこは新聞にする記事考えてくることー」なんてノルマまで発生し始めた。他のグループもそれぞれ集まって、「どうするー?」「いつやるの?」「誰がまとめんのー?　ってか成績に入るとかまじだりー」なんて言い合っている。

みんな、メンバーの顔ぶれを見ながらお互いに、誰がどこまでやってくれるのか、得意そうなやつやリーダーになれそうなやつは誰かを探りながら、できることなら自分はあまり何もせずに、かついいものができて成績にも加点されたらいいなーなんて。たぶん誰もがそう思っている。

俺のグループの中心にいるのは声だけデカくてうるさいだけの中岡と、女子の中ではやっぱり七瀬さんだった。七瀬さんの周りに集まる女子がみんなして、好き勝手なことを話し合い始める。

「やっぱり誰かリーダー決めなきゃね」

「誰か得意な人いるー？　パソコンも使える人がいいよね」

「あたしはパスー、文章とか苦手」

目立つ女子は、たいてい壁新聞みたいな地味な作業が好きじゃない。これが文化祭のウエイトレスとかだったら「やるやるー」なんてすぐに手を挙げるだろうけど。

「そうだ、壷井《つぼい》さん、文章得意だよね」

あっと思いついたように、七瀬さんが言った。

「だよね！　読書感想文とか表彰されたりしてたよね、中学んとき」

七瀬さんの一声で、周りを囲んでいた女子がわっと盛り上がる。急に話を振られた壷井さんは、えっという感じで顔を上げる。

七瀬さんの周りに集まっていた女子の固まりから、少し離れたところ、俺の席の斜め後ろ。自分の席に黙って座っていた彼女に、一気にグループの視線が集中する。

壷井さんはおとなしい。静かで、主張しない性格という感じ。だから彼女に視線が集中するなんてことは、普段はまずあり得ないことだ。

「じゃあ、リーダーは壷井さんに決定で！」

調子に乗った誰かが言った。決定でって、まだ本人に許可得てないじゃんか。壷井さんはなんにも答えない。

言い出しっぺの七瀬さんは、その成り行きをニコニコと見守っている。みんな内心、ラッキーだって思っているはずだ。騒いでいたやつらは本人が「うん」とも言っていないのに、「よかったねー、壷井さんいて」なんて言いながら散っていく。

「壷井さんいいの？　嫌ならはっきり言えば」

すぐ近くにいた壷井さんに、思わず聞いた。壷井さんは、ちょっと驚いたように俺を見上げて、少し考えてから言った。

「いいの。ひとりで何かするの嫌いじゃないから」

彼女はそう言って、また下を向いてしまった。壷井さんの黒くてさらっとした真っ直ぐな髪が、彼女の顔を隠している。

「ねえ、あのさ」

壷井さんが顔を上げる。白くて細い指先で黒くて真っ直ぐな髪を耳にかけると、普段は日の光を浴びない壷井さんのかたちのいい耳たぶが姿を見せる。

「壷井さん、髪、結ばないの？　邪魔じゃないの？」

どうでもいいこと言っちゃったな、とちょっとだけ後悔する。せっかく綺麗な輪郭なのにもったいない。ばさっとおろしてたら余計に暗い性格に見えるじゃん？　とまでは言わなかったけれど、これだけでもすでにかなりお節介だと思う。

「わざとなの」

「え？」

「ひとりになりたいとき、こうすると壁になるから」

　壷井さんはそう言って、耳にかけていた髪を元に戻して下を向く。そうすると、黒くて艶のある壁に阻まれて壷井さんの表情がまたわからなくなった。目の前にできた壁は、さりげなく俺を拒絶している。話し掛けないでってことね。上等じゃん。

「……へえ便利。俺もほしいなー、その壁」

　ちょっと嫌味っぽかったかな。だけどこれはべつに嘘なんかじゃない。

「水嶋くんには、必要ないでしょ？」

　壷井さんが冷めた口調で言ったけど、だけどそれは、実は違う。俺にだって壁が必要なときがある。

「俺もたまにひとりになりたいとき、あるけど」

「そうなの？　そうは見えないよ」

「そう見えないように、気をつけてるから」

「……ふうん。水嶋くんも意外と大変なんだ」

「大変なんだよ、これでも」

　俺がぼそっと答えると、壷井さんは「そうなんだ」と言って少し笑った。彼女が笑う顔なんて初めて見たような気がして、ほんの少しどきっとした。ほんの少し。

三時間目が終わった頃、何げにスマホをチェックすると森田からのメッセージが届いていた。

【もうすぐ美貴ちゃんの誕生日やな！　ってことで、慶太くんにお願いやねんけど、美貴ちゃんのほしいものをそれとなくリサーチしといてくれへんかな？　俺がサプライズで誕生日にそれをプレゼントするって計画や！　よろしく！】

「まじかよ……」

内心うぜー、と思いながらも、ライオンの王様である森田相手に、正直にうぜーなんて言えるはずもなく、つい『わかりました！』と景気のいい返信をしてしまう俺はやっぱりチキンなんだろう。すぐさま既読になって、森田からは跳び跳ねて喜ぶウサギのスタンプが送られてきた。ウサギかよ。

姉貴の誕生日なんて、弟の俺でもすっかり忘れていたくらいなのに、サプライズでプレゼントなんて意外とマメでいいやつだ。だけど、きっと姉貴も俺と同じようにうぜー、と思うんだろう。姉貴はそういう女なのだ。

ついでにブログを開いて昨日の夜に『ナナ』に返信したコメントを見返してみると、なんだか少しだけ恥ずかしくなった。だけど、早速『ナナ』からコメントの返事に対する返事が返ってきていてちょっと驚く。


ミキさん！　お返事ありがとうございます！　他の人にとっては小さなことでも、自分にとっては世界の終わりみたいに悲しく感じることってありますよね。

……なんて、ミキさんだから言えることですが。

わたしの悩みも、友達に言ったらきっと笑い飛ばされてしまうような小さなことです。

水の中を泳いでいる魚たちにも、悩みはあるのかな。

ナナ

ナナからの返事は、ちょっと嬉しそうで、やっぱりなんだか真面目でお堅くて、でも昨日よりはリラックスしてくれているような感じがした。

『ミキ』が本当は高校生の男だって知ったら、ナナはどう思うんだろうとふと考えた。だけど、こっちだってそれは同じ。『ナナ』が女の子だとは限らないし、もしかしたら俺よりもかなり年上だったりするかもしれないし。俺がこんな風にナナの正体を勝手に想像しているように、ナナのほうだって、ミキの本当の姿をあれこれ想像しているのかもしれない。

俺はその後も、学校にいる間はコメントの返事を返すことはせずに、どんなことを返事に書こうか考えていた。ナナがどこの誰かもわからない俺に、友達にも言えないような悩みがあると告白してくれたように、俺もナナになら話せることがあると思った。

放課後の渡り廊下は、少し湿った空気に包まれている。昼休みに降ったにわか雨が中庭の土に染みこんでいて、そのおかげで今日は砂埃が舞い上がらない。

「水嶋くん」

聞き覚えのある声に振り返ると、昨日と同じ場所に七瀬さんが立っていた。

「昨日はごめんね、水嶋くん」

「え、ごめんって……」

七瀬さんに謝られるとは思わなかった。どっちかと言うと謝るのは俺のほうだ。また一緒に帰ってほしいと言われて断ったわけだし。

「……わたし、魚が嫌いだってわけじゃないよ。水嶋くんが魚、飼ってるなんて知らなかったから」

「ああ、いいよべつに、そんなことで謝んなくても」

七瀬さんは、悪くない。爬虫類や魚が嫌いだとしても、それは七瀬さんのせいじゃない。気持ち悪いと思うのは、本人の自由なわけだし。

「べつに俺、気にしてないよ」

「……ほんとに？」

「実際に熱帯魚マニアだし、オタクなのも認めるし。七瀬さんは悪くないから」

俺がそう答えると、七瀬さんはふふっと笑った。

「よかった。でも意外だなぁ、水嶋くんが熱帯魚マニアだなんて」

「そう？」

「うん、意外。水嶋くんって、そんなに真面目そうにも見えないし、オタクっぽい感じもないし。そうだ、今度、わたしにも見せてよ。水嶋くんの飼ってる魚」

七瀬さんはにっこり微笑《ほほえ》んで首を傾げている。首を傾げるのが癖なのか、それとも計算しているのかはわからないけれど、やっぱりそれが可愛いのは認めざるを得ない。

「まぁまた、いつか機会があれば」

「いつかって、いつ？」

「ええと、そのうちに」

「もう、見せてくれる気ないでしょー。水嶋くんて、優しいのか冷たいのかわかんないよね」

七瀬さんはやっぱり笑っている。ちょっと拗《す》ねたような表情も、やっぱり俺にはぴんとこない。可愛いんだけど、なんか違う。何が違うかなんてわからないけど、とにかく違う、ような気がする。

「じゃあ、バイトあるから、俺」

「わかった。また明日ね」

七瀬さんが俺に手を振った。こんなのを見られたら、また中岡に何を言われるかわかったもんじゃない。そう思いながら俺もいちおう手を振った。


「ノックくらいしなさいよ、変態」

スマホ片手にベッドでくつろいでいた美貴が、ドスのきいた声で威嚇《いかく》する。バイトから帰ってそのまま美貴の部屋のドアを開けたら、思いきり睨《にら》まれてしまった。どうやら機嫌がよくないらしい。髪はぼさぼさの団子頭、もちろんすっぴん。タンクトップにショートパンツ姿の美貴は俺には野獣にしか見えないけれど、森田はじめ他の男にとっては鼻血の出るほどレアな姿に違いない。いっそ森田にも、この姿を見せてやりたいと思う俺。

「あのさ」

「何？」

「女の子って、誕生日にもらって嬉しいものとかあんのかな」

「……は？」

美貴がベッドから起き上がる。

「あんたどうかしたの？」

「何が」

「……だって、あんたが女の話なんて……魚にしか興味ないんじゃなかったの？」

「そんなんじゃねえよ。べつに、彼女とかそんなんじゃねえから」

「なんだ。好きでも彼氏でもない男にもらって嬉しいものなんか、お年玉くらいのもんじゃない」

「……お年玉って、金かよ。聞いて損した」

「バカ。好きでもない男からプレゼントもらって喜ぶ女がどこにいんのよ。物で釣ろうなんて甘いっつの」

美貴が、フン、と鼻で笑って見せる。

もういいよ、と言いながらドアを閉める俺。せっかく森田のために嘘までついて好みを聞いてやったっていうのに、まったく失礼なやつだ。こんな女のどこがいいっていうんだろう。森田にも録音して聞かせてやりたい。

【誕生日にほしいものはお年玉らしいっす。弟の自分が言うのもあれですけど、こんな女やめといたほうがいいですよ！】

冷蔵庫を覗きがてら、台所で森田にメッセージを送信する。冷えたコーラをがぶ飲みして、トレイに用意された晩飯のスパゲッティをレンジに入れた。森田がこのメッセージを見てどう思うかは知らないけれど、もし幻滅したとしても俺の知ったこっちゃない。

「あちっ」

スパゲッティの皿の底が熱い。温めた晩飯をトレイにのせて、ちょっとスッキリした気分で自分の部屋に戻る。青白い光の中、ゆらめく水中の水草が綺麗だ。毎日見ても、飽きることはない。水槽のひとつに少し苔が発生し始めている。水中のバランスが崩れてきている証拠だ。とりあえず、隣の水槽から苔を食べてくれる貝を投入する。

デスクのパソコンを起動させて、椅子に腰掛ける。スパゲッティを頰張りながら、ブログの画面を開いた。更新するよりもまず真っ先に、コメント欄をチェックする。ナナからのコメントをもう一度じっくり読み返してから、返事を送る。

ナナさん、こんばんは。
世界の終わりみたいに悲しいこと？　どんな悩みなのか気になります。
水の中の魚たちにも、悩みはあるよ。呼吸すること、食べること、そのバランスが崩れると水の中はすぐに汚れてしまうから。
その代わり、生命のバランスがうまくいっている水槽は、いつまでたっても水が透き通っていて綺麗なんだよ。

魚が呼吸することで、水草たちはその二酸化炭素を使って光合成をする。その酸素のおかげで魚たちは生きられる。エビも貝も、魚の食べ残しを食べたり苔を食べたりすることで役に立っている。

ナナさんも、きっと知らずに誰かの役に立っていると思う。

ミキ

なんだろう。いつもなら、ミキになりきっていかにも女子っぽい返信ができたはずなのに、今日の文面はまるで俺そのものみたいだ。これだけで男だなんてバレるはずはないけれど、ついつい真面目になってしまったことが恥ずかしい。

コメントの返事をすると、そのままナナのブログに飛んだ。

今日の日記がすでに更新されている。毎日ほとんど欠かさず更新されている、ナナの日記。

10月11日
今日は嬉しいことが二つあった。
一つ目は、ミキさんからコメントの返事をもらったこと！

ダラダラ長文のわたしのコメントに、ちゃんと返事をくれるミキさんは、きっと美人で優しい人なんだろうなぁ。

あの後ろ姿の写真だけでも、ミキさんが綺麗なのは伝わってくる！

サラサラの長い髪、スタイルもよくて。あんな素敵なアクアリウムを作る人なんだから、きっと素敵な女性に違いない！

嬉しいことの二つ目は、好きな人と話ができたこと。

だけど、せっかく話ができたのに、緊張してまともに目も合わせられなかったし、無愛想な返事しかできなかった。

わたしがミキさんみたいな綺麗な人なら、自信を持って話ができたのかな。


ナナの日記を読みながら、頬張っていたスパゲッティを吐き出しそうになる。だってナナは、まるっきりミキがミキそのものだって信じている。写真も、コメントの内容も、嘘偽りがないと本気で信じこんでしまっている。

確かにミキは実在する。あの写真は美貴だから。だけど、中身は俺だ。アクアリウムを作っているのもむさ苦しい男子高校生の俺だし、コメントを返しているのも俺。

なんとなく、ナナを騙しているみたいで可哀想になってくる。

ナナに好きな人がいるっていうのは新情報。過去の日記を見てみても、好きな人のことは書かれていなかった。って、過去の日記まで読み漁《あさ》るとか、ストーカーみたいじゃん俺。ナナがオッサンだったらどーすんの。なんとなく自分が情けなくなる。だけどこんな真面目な日記を書くナナが、嘘なんてつくだろうか。

……おっと危ない。これで信じこんだらそれこそ俺がネット詐欺《さぎ》の被害者だ。ネットの情報は信じない。ＳＮＳとかブログとか、嘘が当たり前の世界でこれは大前提なのだ。

ナナのブログを覗き見している最中も、スマホにはじゃんじゃんメッセージが届く。今日さっそく招待されたのは、校外学習壁新聞のためだけのＬＩＮＥのグループ。こういうのにマメなグループの中の女子の誰かが、連絡先を知ってるメンバーをとりあえず招待してるんだろう。一列六人で二列、全部で十二人いるはずのグループだけれど、まだ参加してるのは八人だけだ。しかも、無理やりリーダーにされた壷井さんはまだ招待されていない。グループの誰も壷井さんの連絡先を知らないのかもしれないし、グループのメンバーに忘れられているだけなのかもしれない。無理やりリーダーにしておいて招待するのを忘れるなんて、女子ってつくづく残酷だなと思う。

そんな俺も、壷井さんの連絡先は知らない。『知り合いかも？』にすら表示されていないから、俺の仲のいいやつは誰も壷井さんの連絡先を知らないのかもしれない。

【グループ作ってみたよー】

【てかほんとに壁新聞とか作るの？　だるー】

【さんきゅー】

【まじだりー】

【うちのクラスだけって噂《うわさ》】

【タケノコありえねー】

【でも成績入るんだしやらないと】

【リーダーに任せよー】

【リーダーって誰？　笑】

メッセージだけはじゃんじゃん流れてくるけれど、ぜんぜん具体的な話にはなっていない。みんな、とりあえず参加してるのは、参加していないことで文句を言われたくないからなんだろう。

グループのメンバーのホーム画面やトーク画面には、こんな可愛い子いたっけ？　みたいな自撮り写真ばかりが並んでいる。実物より五割増しで可愛く撮れるアプリとかを使ってるのか、プリ画像を使ってるのかどっちかだ。直径一センチそこらの円の中に表示される顔がまるで自分のすべてみたいに、偽物の顔で、返事をしないことで責められないための、上辺だけの嘘ばっかりのメッセージを並べていく。

みんなのやり取りをなんとなく眺めながら、ここに壷井さんは参加しないほうがいいんじゃないかと思った。

【お年玉とかハイセンスやな！　さすが美貴ちゃん！　弟くんに言うのもなんやけど、俺は美貴ちゃんのそういうところも好きなんやで。可愛《かわ》い子ぶったり、天然のフリしたり、そういう女は俺は嫌いやな。単に美人やからってだけで美貴ちゃんのこと好きなわけじゃないから、それだけは弟くんにも知っといてほしい。】

流れ続けてくる壁新聞グループの無意味なやり取りの合間に森田から届いたメッセージは、意外にも真摯《しんし》なものだった。

スポーツで生きてきたやつっていうのは大抵がバカで、硬派で一途《いちず》なように見せかけて、実はただの女好きだったりすることが多いような気がする。特に甲子園でテレビにも出たりしてちょっとした有名人みたいになっている、森田みたいなやつならなおさら。わざわざ美貴なんかを好きにならなくたって、いくらでも女子が寄ってくるはずだ。

弟である俺の『こんな女やめといたほうがいいですよ』という警告を簡単に跳ね返してくるあたり、ただ単に、バカでめんどくさい体育会系の男ってわけじゃなさそうだ。美貴なら森田を見ただけで、「脳みそまで筋肉なんじゃない？」とか言いそうだけど、もしかすると、森田はちょっと他の男とは違うのかもしれない。

可愛い子ぶったり、天然のフリしたりする女は嫌い。それを言うのは簡単だけど、大抵の男は結局そういう女の子を好きになっちゃうものだ。

【先輩は、綺麗と可愛いだったら、どっちが好きですか?】

シンプルな質問をぶつけてみる。俺は可愛いほうが好きだけど、美貴はどちらかというと可愛くはない。すぐさま既読になってしばらく返事が返ってこない。

残りのスパゲッティをモサモサと口に運ぶ。冷めかけた麺がくっつき始めている。森田はなんと返事をしてくるだろう。好きな女子の、弟からこんな質問をされるのって、どんな気分なんだろう。美貴のことなんかどうでもいいはずなのに、なぜだか森田がなんと答えるのかが気になって仕方ない。

少したってから、ピンロン、とメッセージが届いた音がしてスマホを見た。

【俺は綺麗な子が好きでも、可愛い子が好きでもないで。俺は美貴ちゃんが好きやから! 美貴ちゃんは確かに綺麗やし可愛いけど、俺は美貴ちゃんの中身が好きやねん。】

ぶっ、と思わず口の中身を噴き出しそうになる。直球ストレート。てかこんなこと言って恥ずかしくないいんだろうか。でも、こんなことを平気で言える森田がちょっとだけ羨《うらや》ましくなった。

今になって思うと、俺が過去に好きになった女の子はみんな、ただ単純に見た目が可愛いだけ、だったような気がする。例えば七瀬さんみたいにクラスで一番可愛い女子とか、中学のときはたまたま告白してきた後輩の可愛い女子とか。一緒に歩いていて自慢できそうな女子とか、いかにも女子っぽい、可愛い髪形とか制服の着こなしとか、そういうところが決め手になっていたと思う。

だから森田のメッセージを読んで、シンプルに「すげえ」と思った。堂々と、「中身が好き」って言えるような恋愛を、俺はしたことがなかったと思ったからだ。だってしょせんは見た目が九割、いや、もしかしたら十割かも。そんな風にしか誰かを好きになったことがなかったし、みんなそんなもんだと思っていたから。

七瀬さんのこともそうだ。「なんか違う」と思ってはいるのに、どこかで「だけど可愛いし、ナンバーワンだし、逃《のが》すのはちょっともったいない」と思っている自分がいて、「付き合ったらかっこいいしちょっと自慢だし」なんて考えちゃってる俺。

それに比べたら、学校のスターのくせして姉貴なんかを好きになって、告白してふられてもふられても、わざわざ弟の俺にかっこ悪いとこ見せてまで頼みこんで、卒業までに姉貴を振り向かせてやるって思っている森田のほうが、よっぽどかっこいいじゃんなんて思えてくる。

そんなことを考えながら、苔の発生し始めた水槽の水をポンプで掃除して、よその水槽からオトシンクルスを移動してやる。苔を食べてくれる可愛い見た目の賢いやつ。ついでに伸びてきた水草をカットして整えていく。水槽に手をかけ始めると時間を忘れてしまうけれど、それ以外のことをあまり考えずに済むメリットがあるから、頭をすっきりさせたいときにはメンテナンスはぴったりだ。

しばらくして再びパソコンに向かうと、新着コメントの表示を見つけてちょっとどきっとする。ナナから早速、さっきの返事が届いていたのだ。なんだかわくわくするような気持ちでそれを確認してみる。


ミキさんの考え方には、はっとさせられます。

水槽の中の生きものたちにも、みんな役割があるんですよね。

知らないうちに、誰かの役に立っていたら嬉しいです。

わたしもそんな人になりたいなって思います。

何度もしつこくコメントしてしまってすみません。つい嬉しくて……。

面倒だったら無視してくれて大丈夫です！

ミキさんのブログはいつもチェックしているので。

ナナ

「いや、面倒なんてとんでもないけど！」

ついひとりで叫んでしまう俺。無視してくれて大丈夫ですなんて、無視なんかするわけないじゃん。俺のほうこそ、長文で返したことを若干後悔してしまっていたところだ。ナナのほうからそんな申し訳なさそうにされると、なんていい子なんだとびっくりしてしまう。

すぐに返事をしようと思ったけれど、さすがに恥ずかしいのでひと晩寝かせることにする。

ナナってどんな人なんだろう。日記もブログも全部嘘だったとしても、ミキとの会話だけは嘘じゃないと信じたかった。

彼女はアカヒレに似ている

話し合いは平行線だった。リーダーの壷井さんはほとんど喋らない。無理やりリーダーにされちゃったんだから仕方ないといえば仕方ないけど、もうちょっと自分の意見を言ったっていいじゃんと思ってしまう。仮にもリーダーなわけだし。

「記事の内容ぜんぜん決まってないじゃん」

昼休みにグループのメンバーを集めたのはちょっと気の強い女子で、そいつがちょっと偉そうに言った。お前だってなんも考えてきてないじゃん、と言いそうになるのをぐっと堪えていると、同じ輪の中にいる中岡からスマホにメッセージが届く。

【えらそーーー女子こえーーー】

周りに見られたらどうすんだよバーカ。スマホをポケットにしまいこんでから、中岡をぎろりと睨み付けておく。

七瀬さんの取り巻きの女子のひとりがなんだか優しそうな顔をして、壷井さんを気遣うような感じで言った。

「だってみんな意見出してくれないもん。ね？　壷井さん」

壷井さんは頷かない。ただ黙ってるわけでも無視してるってわけでもなくて、きっと理由があるから黙ってる。と、俺は勝手に思ってみた。

「全員で集まって作るような時間も場所もないんだから、とりあえず中身をちゃちゃっと決めてあとはリーダーに任せるってのは？」

特に秀才でもなく運動部に入っているから忙しいってわけでもない男子がいかにも賢そうな意見を言ったけれど、結局はそれも壷井さんに丸投げするってことだ。だけどみんな、そのいかにも賢そうな意見に賛同するみたいにうんうんと頷いている。沈黙を貫いているリーダーがあまりにも可哀想になって、気付けば俺は手を挙げてみんなに向かって言っていた。

「俺、サブリーダーやりまーす」

「え、まじで？」

ぎょっとしたような顔で中岡が叫んだ。俺がそんなこと言い出すなんて思ってなかったんだろう。七瀬さんも、他の女子も、ちょっとびっくりした顔でこっちを見ている。ずっと下を向いていた沈黙のリーダー壷井さんは、いつの間にか目を見開いて顔を上げていた。

「その代わり、みんな協力しろよ。校外学習で撮った写真、持ってるやつはとりあえず全員俺に送っといて。写真と一緒にコメントも。どのルートで回ったのかみんな違うだろうし、自由時間に行ったとことかも違うはずだから、ある程度は違うネタ出てくるだろ？　十二人もいるんだから」

みんな、うんうんと頷いている。そうすれば、面倒な提出物が手っ取り早く片付くからだ。誰もやりたくないいんだから、それなら全員でやるしかない。

「俺がみんなが送ってくれたやつまとめて、その続きの文章考えたりするのは壷井さんにお願いする。で、パソコンで画像貼って記事作ってプリントして、それを順番に模造紙に貼って完成ってのはどうかな。手書きだと、広い場所もいるし時間もかかるから」

「よっ！　さすがサブリーダー」

中岡が茶化してくる。うるせ、と中岡の椅子の脚を蹴る。

「リーダー、そんな感じでいいっすか」

俺が壷井さんの顔を覗きこむと、壷井さんはちょっと考えるような顔をして、小さな声で「うん」と答えた。沈黙のリーダーが今日初めて喋ってくれたことに少しほっとする。

「じゃ、解散てことで」

やっと終わったとばかりに中岡が立ち上がる。みんなも「よかったねー」なんて言いながら昼休みの教室や廊下に散っていく。壷井さんが何か言ったような気がしたけど、声が小さすぎて俺には聞き取れなかった。

昼休みが終わりかけた頃、ふとスマホを見ると【新しい友達からのメッセージ】の表示が出ていた。誰だろうと思って見ると【七瀬美亜《みあ》】の名前。そのホーム画像は制服姿で友達と撮ったプリクラだ。壁新聞のためのグループから、俺に個人メッセージを送ってきたらしい。

もともと可愛い七瀬さんは、五割増しに可愛く写るプリクラなんかで撮影しちゃうともう大変なことになる。隣に写っている友達もそれなりに可愛く写っているけれど、七瀬さんは芸能人ばりに可愛くなってしまってる。

【水嶋くん、さっきかっこよかったよ。わたしにもなんか手伝えることがあったら言ってね】

短い文に、ぷるぷる動く可愛いスタンプ。ちょっとどきっとしてしまうような文面だけど、「じゃあなんで、壷井さんには全部押し付けようとしたわけ？」って思わず返してしまいそうになった。

忘れそうになっていたけれど、そもそも壷井さんがリーダーになったのは七瀬さんの言葉がきっかけだ。無責任なのか自覚がないのかわからないけれど、可愛い女子って意外とそういうずるいとこあるよな、なんて思ってしまう。だけどやっぱり既読スルーはできなくて、とりあえず【ありがと】とだけ返しておいた。

画面を閉じる暇もなく、速攻で帰ってくるメッセージ。教室に七瀬さんの姿はないから食堂とか中庭にでもいるんだろう。

【校外学習の写真、送るね！　他のみんなにもちゃんと写真送るように言っとくね】

可愛いスタンプのあとにトントン、と送られてくる七瀬さんが撮った写真。新聞に使うんだから風景だけでいいのに、しっかりどれも七瀬さんが入っている。全部他の女子と一緒に写っているけれどやっぱり七瀬さんがダントツに目立っていて、そこに悪気はないんだろうけど、やっぱり可愛いって何かと得だな、人生楽勝なんだろうななんて思う俺。

俺がそんな風にぼんやり考えている間に七瀬さんがみんなにメッセージを流してくれたのか、グループのメンバーから続々と校外学習の写真が送信されてくる。さすが鶴の一声という感じだ。スカイツリーに雷門《かみなりもん》、浅草寺《せんそうじ》、人力車、三國《みくに》神社の写真もある。有名ラーメン店に寄っているやつもいる。これを使って壷井さんにパソコンで記事を書いてもらって、プリントして模造紙に貼っていけばなんとかかたちになるだろう。

「ねえ、リーダーさん」

斜め後ろを振り返って、壷井さんに声を掛ける。かなりびっくりした様子で壷井さんが「えっ」と言って顔を上げた。

「みんなが写真送ってきたからさ、一緒に記事考えてよ」

俺の言葉にぎこちない感じで頷く壷井さん。

「そっち行っていい？」

壷井さんの前の席、まだ昼休み中だから空いているその席を指さして俺が言うと、壷井さんはまたぎこちなく頷いた。その姿がなんだかロボットみたいでちょっと笑ってしまう俺。

壷井さんと机を挟んで向かい合う。後ろ向きに椅子に座った俺が自分のスマホの画面を見せながら、「この写真はこの写真と場所かぶってるから、どっちか一枚でいいよな」とか、「これはほぼ人物しか写ってないから記事にはなんないよな」とか、「これなんかうまく撮れてるし、いい記事書けそうじゃん」なんて言って壷井さんに意見を求めると、壷井さんは「うん」とか、「そうだね」なんて相槌《あいづち》を打つ。

リアクションは小さいけれど、一枚一枚、真剣な顔で写真を眺めながら、ときどき「これ、使ったらいいと思う」なんていい反応をくれるときもあったりするから、きっと嫌がられてはいないんだろうと思う。

言葉数は少ないけれど頭のいいリーダーと、文章力がないからサポート役に徹している俺の組み合わせは意外と悪いもんでもなくて、短いけれど的確な返事をくれる壷井さんとのやり取りはかなりスムーズに進んだ。

「この記事は、こんな感じでどうかな」

ぼんやりとした俺の意見を伝えると、壷井さんはメモを取りながらそれをうまくかたちにしていってくれる。昼休みの終わるチャイムが鳴ってもまだ記事にしたい写真は残っていたから、「壷井さん、放課後時間ある？」と聞いた。今日はバイトが休みだから、この続きを終わらせてしまえたらいいなと思ったのだ。

放課後、なかなか空にならない教室でそのままっていうのも集中できそうにないってことで、俺の提案で図書室で待ち合わせをすることにした。この学校の図書室は広さもあって静かだし、適度に人もいて、司書のおばちゃんもいい人だ。自由に使えるパソコンもあるから、記事を書くのにもちょうどいい。俺が普段から図書室によく来るなんて話は中岡でも知らないことだけれど、もともと読書は嫌いじゃない。それにテスト前は自習室や図書室で勉強する人が多いのだけれど、俺はこの図書室の雰囲気が好きで、勉強もはかどるから、迷わず図書室を選んでいる。

重い扉を開けて図書室に入ると、壷井さんはもうすでにそこにいた。何冊か本を手に持っていたから、ちょっと待たせてしまったのかもしれない。

「ごめん、俺が呼んだのに遅れた」

「ううん、大丈夫」

小声で返事をする壷井さん。俺がパソコンのある席を指さすと、うんと頷いた壷井さんはそのまま俺にとことことついてきた。パソコンの画面に向き合って、ふたりで並んで椅子に座る。壷井さんが眼鏡を取り出してかける。

「あれ、壷井さんて眼鏡だっけ」

「あ、普段はコンタクトなんだけど、今日はちょっと目の調子がよくなくて」

ちょっと恥ずかしそうに俯《うつむ》く壷井さんは、ふちなしの細い眼鏡がよく似合っている。度なしのおしゃれ眼鏡みたいなやつより、こういうタイプのほうが壷井さんらしい。

「似合ってる」

つい思ったことを言ってしまう俺。言ってから恥ずかしくなって、「えっ」と言う壷井さんをスルーして新聞の話を進めていく。

「この写真の記事と、この写真の記事をメインにしたら、いい感じじゃないかなと思うんだけど」

「うん、いいと思う。目立つし、校外学習の雰囲気も伝わりそう」

編集長の壷井さんがいい返事をくれたので、俺はさらに調子に乗る。

「あと、これとこれは二枚でいっこの記事にして、大きめにプリントして使おうよ。場所かぶってるけど、どっちもうまく撮れてるし」

「うん、じゃあこのままこのパソコンで、記事書いちゃうね」

壷井さんは俺の提案どおりに画像を貼り付けて、リズミカルにキーボードを叩き出す。このスピードなら、今日だけで作業は終わりそうだ。

「じゃあと、この写真とこの写真、セピアに加工して使うってのはどう」

「あ、それいい！」

俺の提案に、壷井さんが思いのほか食い付いてくれて嬉しくなった。

ちょっと古い民家が並んでいるのを撮った写真。誰が送ってくれたのか忘れたけれど、下町っぽくてすごくいい雰囲気で撮れている。セピアに加工したらかっこいい紙面になりそうだと思ったのだ。

「だろ!? ただの提出課題だからって、手抜きするよりいいもん作ってびっくりさせたいよなって思って」

聞かれてもないのに偉そうなことを言ってしまう俺。だけど壷井さんはうんうんと頷いてくれている。キーボードを叩く指が心なしか楽しそうに見えるのは、俺の勘違いかもしれないけれど。

喋るほかには仕事がない俺は、意見を出すだけ出したらあとは壷井さんの打つ文章を目で追いかけるだけになる。だけどあんまり近づいたら壷井さんに嫌がられそうなので、椅子にもたれて少し離れて、画面と壷井さんの後ろ姿を眺めることにした。

指定の紺のブレザーを、きちんと着ている壷井さん。ブレザーを着ないで大きめのカーディガンを着たりとか、スカートを短く折ったりしない壷井さんは、みんなと同じ制服を着ているのに、誰よりもちゃんとして見える。しわひとつない紺のブレザーの背中、よく見るときらっと光る短い糸みたいなものがくっついていた。思わず手を伸ばしてそれを取る。

「えっ何?」

びっくりした壷井さんが振り返る。俺の指先には光って見えた茶色の細い毛が一本。

「あ、ごめん。毛、ついてたから」

「え、あ、そう」

だけど壷井さんは黒い、ストレートの長い髪だ。俺の指先にあるのはきらきらの茶色の毛。

「もしかして壷井さん、犬か猫、飼ってる?」

俺は指先の毛を壷井さんに見せながら聞いてみる。

「あ、犬」

壷井さんは戸惑いながら答える。いきなり背中を触られたと思ってまだ少し動揺しているのかもしれない。

「そうなんだ。壷井さんはなんとなく猫かなって思ったけど」

「まだ子犬なの。見る?」

見る? って言いながら、俺の返事も待たずにブレザーのポケットからスマホを取り出している壷井さん。いつもの感じと違ってちょっと嬉しそうにニコニコしている。

取り出したスマホはケースにも入っておらず何も飾りのないシンプルなものだった。

覗きこむと、画面いっぱいに撮影された茶色い子犬。丸っこくて、まるで笑ってるみたいに口を開けた可愛い犬の写真だった。

「可愛い」

俺の感想にちょっと嬉しそうな壷井さん。こんな顔もするんだ、と俺までちょっと嬉しくなる。

そのあとも、頼んでもいないのに次々に犬の写真を見せてくる壷井さんがなんだか無邪気で子どもみたいで、俺はおかしくなってひとりで笑った。笑いながら、なんかこの犬どっかで見たことあるなと思う。なんだろう、どこで見たんだったっけ。可愛いし、よくいる種類なんだけど、すごく最近見たような。

「あ」

俺がつい呟いてしまったから、壷井さんは「え？」という顔をした。

「ごめん、なんでもない。見せてくれてありがとう」

そう、思い出した。この犬、あの犬と同じだ。

「ねえ、壷井さんて、下の名前なんていうんだっけ？」

「え？」

壷井さんがスマホをポケットにしまいながら不思議そうな顔で俺を見る。そういえば、知らないんだよな、壷井さんの名前。

「菜々子《ななこ》。菜の花の」

「菜々子……」

さすがの俺も驚いた。ナナって、名前まで一緒じゃん。同じ茶色の丸っこい犬に、ナナの名前。

「……あ、じゃあ、犬の名前は？」

「ハチ。あ、恥ずかしいから笑わないでね」

思わず椅子ごとあとずさる俺。脳内にフラッシュバックする、『ナナ』のブログのトップ画面。丸っこい茶色い犬の画像の下に、撮影日と一緒にしっかり『hachi』と記録されていた。ナナとハチ、なんてちょっと笑える。そう思ったこともしっかり記憶に残っている。これってただの偶然じゃないよな。でもやっぱり偶然かもしれない。ナナとハチなんてよくある組み合わせだし、ブログをやってて犬を飼ってるナナなんて、日本に山ほどいるんだから。

「か、可愛い名前じゃん」

なんとか言葉を繋《つな》いでみたけれど、声がうわずってしまった。

「嘘、安易なネーミングだって思ったでしょ。さ、新聞の続き続き」

壷井さんは照れ隠しみたいにパソコンに向き直った。不思議な偶然にびっくりしたけど、そういえばこんな風に壷井さんと話すのは初めてだった。いつもはおとなしくて静かな壷井さん。主張しない性格だから目立たないけれど、頭がいいからみんなにちょっと一目置かれている感じ。

だけど今日は、ちょっと違う。自然な感じで笑ったり、照れたりする壷井さんの姿をきっと他のやつらは見たことがないだろう。そう思うだけで、なんだかちょっと得したような気分になった。

壷井さんがキーボードを叩く背中を見詰めながら、今日帰ったらこのことを、ナナにどう報告しようかと考えた。同一人物だとしか思えないような偶然が重なったことで、ナナの存在と壷井さんの存在がどうしても重なってしまう。

わけの分からない胸の鼓動は、キーボードを叩く音さえも響く静かな図書室の中で、目の前の壷井さんに聞こえてしまわないかと不安になるくらいだった。

ときどき、壷井さんは振り返って「ここは、こんな感じの文章でどうかな」とか、「もうすぐ完成しそうだよ」と俺に報告してくれる。そのたびに、壷井さんのさらさらの髪が揺れてすごく綺麗で、俺はそれを誤魔化すように、わざとちょっとテンション高めに「いいじゃん！　いいじゃん！」とか「おっさすが！」なんて茶化して言った。

記事をすべて入力し終えると、壷井さんは眼鏡を外し、パソコンの前に座ったまま両手を挙げてうーんと大きく伸びをした。図書室の窓から見える景色はもうとっくに日が暮れて真っ暗だ。

「お疲れ、まじでありがとう。こんなにいい記事が書けるなんて思わなかった。やっぱリーダーのおかげだよ」

　俺が言うと、壷井さんは恥ずかしそうに首を横に振る。

「そんなことないよ。水嶋くんがいなかったら、たぶんこんなに頑張れなかった。サブリーダーやるって言ってくれて、嬉しかった」

　そう言った壷井さんの声は小さくて、なんだか泣きそうな顔に見えた。俺はなんて返事をしていいかわからなくて、そのまま図書室で壷井さんと別れた。

　帰り道、壷井さんを送ってやればよかったと少し後悔したけれど、俺だって動揺していたし、変な胸の鼓動にびびってもいて、とにかく今日は一刻も早く家に帰りたかった。


　自分の部屋でパソコンに向かうとすぐにキーボードを叩く。テンションが上がって、つい自分が『ミキ』だってことを忘れそうになる。

　ナナさんへ
　ナナさんは、きっと誰かの役に立っていると思う。
　少なくとも、わたしはナナさんとこうしてやり取りするのが楽しみになっているし。

近くにいる友達には照れくさくて話せないようなことも、なぜだかナナさんに向けて書くとすらすら話せてしまうから不思議です。

ナナさんに報告。今日はひとつ、ちょっといいことがありました。

普段、あまり笑顔が見られない子の笑顔が見られたこと。

なんだかちょっぴりどきっとして、得した気分になりました。

彼女はナナさんと共通点が多いかも。

その子はなんとなく、アカヒレに似ています。

あまり目立たないし主張しないいんだけど、環境適応能力があって、本当はすごく強い子だと思う。

あ、ナナさんにこんな話をしても困っちゃうか。

ミキ

ナナにこんなことを話しても仕方がないとわかっているのに、どうしても話さずにはいられなかった。

水槽の中にいるアカヒレの写真を撮って、ブログに載せる。この水槽を立ち上げたときにパイロットフィッシュとして入れたアカヒレは、その役目を終えたあとも元気に水槽の中を泳ぎ回っている。地味で目立たない彼らだけれど、他の鮮やかな生体がこの水槽に入るためには欠かせない。自らの体を実験台にして水中のバランスを整える我慢強さと、他の魚を攻撃しない温和な性格を兼ね備えている。まるで壷井さんだ。

水槽のガラス面を指先でつついてやると、エサをもらえるのかと思った生体たちが寄ってくる。フィルターの水流でゆらゆらと揺れる水面、ライトで照らされて光を放つ水草。

【水嶋くん、新聞作りは進んでる？　家でお菓子作ってタイムラインにのせたの。見てみてね！】

七瀬さんからのメッセージ。そのままタイムラインをチェックすると、わざわざエプロン姿で撮影した七瀬さんの写真。エプロン姿でふわふわの髪をアップにした七瀬さんが指さすテーブルの上。ドーナッツ型のケーキには、クリームや苺《いちご》でデコレーションがされている。ついさっき更新されたばかりなのに、すでにものすごい数の『いいね』。

『いいね』の数、コメントの数は人気のバロメーターで、だから七瀬さんみたいな女子はすごくマメにタイムラインを投稿する。自分に自信のないやつはそもそもタイムラインなんて投稿しない。もしうっかりやってしまってコメントゼロ、『いいね』が一個、しかもその『いいね』が母親からとかだったりしたらもうそれこそ死にたい気分になるからだ。

【タイムライン見たよ。美味《おい》しそう】

本当は甘いものはそんなに好きじゃないけれど、あと、エプロン姿でわざわざ撮影したわざとらしい感じもちょっと違和感があったけれど、めんどくさくて適当に褒めてしまった。だけど『いいね』するのを忘れたから、もしかしたら七瀬さんはちょっと怒っているかもしれない。

【今度、水嶋くんにも作ってあげるね】

速攻で返ってくるメッセージ。

【ありがとう。中岡が甘いもん好きだから喜びそう】

スマホの向こうには七瀬さんがいる。パソコンの向こうには、ナナがいる。

ナナって、どんな子なんだろう。本当に、ナナが女の子だったらいいな、できれば俺と同じくらいの年齢だといいななんて都合のいいことばかり考える俺。いいよな、想像するくらい自由だし。

そんなことを考えている間にも、七瀬さんから返ってくるメッセージ。パソコンを見ながらスマホを触るのがちょっとめんどくさくなって、メッセージを確認するのはやめておいた。既読にしなければ返事を急《せ》かされるようなこともないだろう。お風呂に入ってたとか適当なことを言っておけばいいんだし。

「ちょっと違う」って思ってるくせについ七瀬さんに合わせてしまう俺はたぶん弱虫

で、嫌われたくないだけの嫌なやつだ。わかってはいるけれど、七瀬さんを無視するってことはクラス全員を無視するみたいなもんだから、やっぱりそれはちょっとできそうにない。

俺の指先はマウスをクリックして『ナナ』のブログに飛んでいた。七瀬さんからのメッセージは放置するくせに、顔も見たことがないナナの日記のほうが気になるなんて誰にも言えない。少なくとも中岡には、絶対に。

トップページに出てくる犬の写真。茶色くて、丸っこくて、そしてやっぱり壷井さんの見せてくれた写真とそっくりな、『ハチ』。

今日の日付の日記が更新されている。ちょっとドキドキしながら慣れた手つきで日記を開く。

10月15日
今日、びっくりするような出来事があった。
嬉しくて、ドキドキするようなこと。
なんと。
ひとりでやるって決めていた課題を彼が手伝ってくれることになった！
すごくびっくりして、だけどすごく嬉しかった。

「ありがとう」って言ったけど、わたしの声が小さすぎて彼には聞こえなかったみたい。

彼の顔を目の前で見るだけでもドキドキするのに、図書室でふたりっきりで作業することになって、緊張しすぎてまともに返事はできないし、おかしなことばっかり話してしまった。

急にハチの写真なんか見せられても男の子が喜ぶはずないのに……。

でも、ハチのおかげで彼と少し話ができたんだから、ハチに感謝しなきゃね。

本当はイヤイヤだった課題だけど、つい張り切ってしまった。

終わったら、ちゃんともう一度、彼にありがとうって言おう。


日記の最後には、新しく撮影された〝ハチ〟の写真。顔面どアップで、舌を出してる。ていうか、これ、なんだこれ。頭が混乱して整理できない。

ひとりでやる予定だった課題。図書室でふたりで作業。ハチの話。

この話、今日の日記、今日の俺と壷井さんの話とそっくりなんだけど。

しかも、この日記のとおりなら、ナテの好きな人って、俺？　壷井さんの好きな人って、……俺？

ほとんど眠れないまま迎えた朝。無意識にスマホに手が伸びる。画面には、新着メッセージの文字。ひとつは七瀬さん、もうひとつは森田から。

【今日、一緒に帰らない？】

【おはよう！　今日は美貴ちゃんの記念すべき十八回目のバースデーやな！　俺のサプライズ、成功するように祈っててくれ！】

朝からかなりヘビー。返信に困るメッセージが二件、しかも寝ぼけてうっかり開いたせいで、どちらも既読をつけてしまった。

「……めんどくせ」

呟きながらも指先は動き始めている。

【今日はバイトあるからごめん】

【サプライズ、頑張ってください。まさかほんとにお年玉あげるってわけじゃないっすよね】

まだ頭が動いていなくても、指先が勝手に文字を並べる。七瀬さんのほうにはご丁寧に「ゴメン！」と謝るアニメキャラのスタンプまでつけて、送信までの流れはもうほとんど全自動だ。

どっちもすぐに返事がくる。本当は、こんなことしてる場合じゃない。はやく学校へ行く準備をしなくちゃならないし、頭の中は壷井さんとナナのことでいっぱいだ。

何も解決策が見いだせないまま迎えた朝は、俺の脳みそを置き去りにしてどんどん時間が過ぎていく。

【じゃあ、バイト先まで、一緒に行ってもいい？】

【お年玉？　何ゆうてんねん弟くん。モノより思い出や！　美貴ちゃんに一生忘れられへん誕生日をプレゼントするで！　乞うご期待！】

もう家を出なきゃいけない時間だってのに、頭の中はぐちゃぐちゃだ。こんなとき、メッセージとか既読とか、そういうのが全部めんどくさくなって、いっそこんなのなけりゃいいのになんて思ってしまう。本当になかったらたぶんかなり困ったことになるんだろうけれど。

電話を発明したベルは天才だったかもしれない。だけど自分の発明がきっかけで、まさか頭の中や時間まで拘束されるようになるなんて、いくら天才のベルでも考えつかなかっただろう。

とりあえず通学バッグにスマホ充電器を放りこみ、昨日床に脱ぎ捨てていたそのままの制服をかぶって家を出た。

今日、壷井さんに会ったらなんて言おう。壷井さんはナナかもしれなくて、でも、もしナナが壷井さんだとしても、『ミキ』が俺だなんてさすがにわかるわけがない。

もし壷井さんがナナだったとして、もし壷井さんがナナで俺のことが好きだったとしたら、『ミキ』である俺に自分の日記を読まれていたと知ったらどう思うんだろう。もし俺が逆の立場だったとしたら、恥ずかしくて死にたくなるかもしれない。

でも、壷井さんがナナだという可能性は完全に百パーセントではない。というか、そう思いたい。まだ本人の口からそうだと言われたわけではないし、逆にもし俺が『ミキ』です、なんて壷井さんにカミングアウトして、ナナがあかの他人だったなんてことになったらそれこそ、俺は相当変なやつってことになってしまう。

いろいろ考えた結果、俺は〝とりあえず何も言わない〟ことに決めた。まだ確定していないんだから、焦《あせ》ることはない。壷井さんがナナだという確信が持てたらそのときに、またどうするかを考えればいいのだ。

美貴はもうとっくに家を出ているらしかった。同じ高校に通ってはいるけれど、一度だって一緒に登校したことはない。特に仲が悪いわけでもないけれど、高校生にもなって一緒に登下校する姉弟なんて周りになんか言われそうだし、人目を気にせず一緒に登下校するほど仲がいいわけでもないってことだ。べつに美貴がいるからって受験したわけじゃないし、歩いて通える距離にある高校だから、それだけ。今日が姉の誕生日だってことも、森田からメッセージが来るまですっかり忘れてしまっていた。

歩きながら、もう一度さっき七瀬さんから来たメッセージを読み返す。

【じゃあ、バイト先まで、一緒に行ってもいい？】

あの七瀬さんがそこまでして俺と帰りたい理由ってなんだろう。ただ一軍っていうだけで、運動部のキャプテンとかでもない俺と、七瀬さん。どう考えたって釣り合わない。例えば相手がそう、森田篤とかなら話は別だけど。

【いいよ】

これ以上、断る理由が思いつかなかった。悩んでいるだけなのに、既読無視とか思われるのも嫌だった。

【よかった！　ありがとう！　じゃあまた、放課後にね】

嬉しそうに返事をくれる七瀬さんの気持ちが俺にはわからない。俺じゃなきゃだめってことはないいんだろうけれど。

学校に到着するなり今度は森田から送られてくるメッセージ。

【昼休み、教室から校庭を見ること】

一瞬、は？　と思ったけど、遅刻ギリギリだからなんのことだか聞き返せなかった。疑問をポケットに押しこんで早足で教室へと向かう。

「慶太ギリじゃん。珍し」

中岡が興味ありげな顔で探ってくる。バカなくせに妙に人のことを観察していてするどいやつ。

「さてはなんかあったな」

「なんもねえよ」

「嘘つけ」

「ねえって。しつこいな」

教室には、すでに壺井さんもいる。いつもどおり、姿勢がいい。背筋がすっと伸びている感じ。俺もつい、背筋が伸びる。

「あ、さては七瀬さんだろ」

小声で耳打ちされてぎょっとする。七瀬さんはいつもどおり、他の目立つ女子に囲まれて教室の窓際にいる。

「なんもないって」

答えながら顔に出さないことで必死だ。中岡には、ブログのことはもちろん俺がアクアリウムにはまっているということも話したことがない。まして、ナナのことなんて話せるわけがなかった。遅刻ギリギリの理由はナナと壺井さんのことで眠れなかったこと。それに今日、七瀬さんと帰ることになったこと。こんな話、中岡にしたらそれこそ大変なことになる。

ドアが開いてタケノコが教室に入ってくると、騒がしかった教室が少しだけ静かになった。

結局、一時間目から四時間目の終わりまで、昨日のことばかりが頭によぎってまったく授業に集中できなかった。さらに寝不足のせいでときどき意識がどこかへ飛んで、あ、今寝てたかも、と気付く、その繰り返し。

壷井さんのことが気になって、ときどきさりげなく後ろを振り返ってみると、壷井さんは恥ずかしそうに目を背けた。壷井さんに目をそらされた代わりに七瀬さんと目が合ってしまい、そうすると七瀬さんは俺ににっこりと余裕の笑みを向けてくる。

まるで俺が、七瀬さんの顔が見たくてわざと振り返っているみたいになってしまうのは、ちょっと困る。

昼休み。いつもどおりに昼飯を食っていたら、クラスのやつらが騒ぎ出した。男子も女子も、みんな窓際に集まって、外を見ながらなんだかざわざわとうるさい。それを見た他のクラスメイトもみんな次々に窓際に集まっていく。

「えっなになに」

騒ぎに気付いた中岡が立ち上がる。それを見て、はっと思い出した。

【昼休み、教室から校庭を見ること】

森田だ。食べかけの焼きそばパンを持ったまま、俺もいそいで窓際に走る。

俺たち普通科の教室のある校舎は旧館といって、床も壁も古く、エアコンは強か弱かしか選べない。校庭を挟んで向かい側の新館はスポーツコースと特進クラスが使っていて、館内のエアコンは全自動、トイレに入ると勝手に電気がついたりする。

旧館と新館に挟まれた校庭。日光に照らされてたぶん熱くなったグラウンド。そこに登場したのは、昼休みなのになぜかユニフォームに着替えた、野球部のメンバーたちだった。背番号に名前が書いてあるからたぶん一年生。新館のほうを向いて横一列に並んでいる。まるで試合前みたいに校庭にぴしりと並んだ彼らを見物しようと、新館側も旧館側も各教室から生徒が顔を出している。

どこからか、ピイーッ！　と笛の音がして、それを合図に野球部の一年生たちが右手を挙げる。旧館側から見て右側の坊主頭から順に動き出し、きびきびとした動作でいきなり校庭に寝転んだ。次々に寝転んでいく坊主頭たち。よく見ると、まっすぐだったりちょっと曲がっていたりとにかく一人ひとりきちんと寝転ぶ持ち場が決まっているらしい。

どこの教室もざわざわと騒いでいるのが聞こえてくる。坊主頭が全員寝転び終わったとき、ようやくこれが何かの文字を表しているのだと気が付いた。新館側に向かって書かれているからこっちから見ると逆向きのカタカナ。頭の中でひっくり返して右側から順に読んでいく。

「ミ、キ、チャ、ン……？　オメデ……」

それが『美貴ちゃんおめでとう』だと気付いたとき、グラウンドの端から同じくユニフォーム姿の誰かがその人文字めがけて走ってきた。完成した人文字の左端に立つ、堂々とした後ろ姿はどう見ても森田篤だ。

「せーのっ、美貴ちゃーん！　誕生日おめでとうございます！」

森田の掛け声で、寝転んだ人文字が森田と同時に全員で叫ぶ。新館のどこかからおそらく見ているに違いない姉貴のひきつった顔を想像して、つい笑いがこみ上げる。まさかサプライズってこのことなのか。野球部の後輩まで巻きこんで、学校じゅうに響き渡った姉の名前と一瞬で知れ渡った誕生日。

「なあ慶太、もしかしてこれってお前の姉ちゃんのことじゃねえ」

中岡が横で半分笑いながら言っている。

「んなわけないだろ」

俺はそう答えたけど、中岡はまだ笑っている。

一生忘れられない誕生日。確かにそうなったに違いない。スポーツバカはやっぱりバカで、だけど俺にはこんなこと、一生できない。度胸もないし、恥ずかしいし、後輩とかを巻きこむ力だってない。だからやっぱり森田はすごいし悔しいけれどかっこいい。姉貴が喜んでいるかどうかは別だけれど。

ムーンフィッシュ

放課後、いつもの渡り廊下で七瀬さんに捕まった。

「水嶋くん、忘れたふりしてひとりで帰ろうとしてたでしょー」

図星。朝の約束を忘れたわけではなかったけれど、なんとなくこのまま帰っちゃってもいいかなと思っていたところだ。『いいよ』とは言ったものの、今日も教室で喋るタイミングはなかったし、七瀬さんもひょっとしたら忘れてるんじゃないかなんて思っていた。

「俺のバイト先、七瀬さんのバス停より先だけど、わかってる？」

「大丈夫、知ってるよ。一緒に歩いて、水嶋くんと話したいだけだから。迷惑？」

迷惑かどうかなんて聞かれて「はい、そうです」なんて言えるはずがない。しかも相手は七瀬さんだ。

「そういうわけじゃないけど」

「じゃあ、行こ。バイト遅れちゃうよ？」

「ああ、うん」

やっぱり今日も七瀬さんのペース。森田篤といい七瀬さんといい、自分に自信のある人間てやつは他人に拒絶されることが怖くはないんだろうか。

軽やかに歩く七瀬さんから、半歩下がって俺が歩く。この間は七瀬さんと歩くことがちょっと誇らしかったけど、今日はなんとなくあんまり人に見られたくないような気がした。

「水嶋くんってさ」

「え、何」

「水嶋くんって、あんまり他人に興味ない？　それとも、わたしに興味ない？」

怖いくらいの直球ストレート。なんでいきなりそんなこと聞くかな。

「なんでそう思うわけ」

「だって、そんな気がするから。あ、でもそれが嫌だってわけじゃなくて、むしろそこがいいんだけど」

七瀬さんは振り返る。早く来てよって顔が言っている。だけどやっぱり、隣に並ぶのはなんか気が引ける。

「どういうこと」

なんだかちょっと腹が立ってしまったのはなんでだろう。『むしろそこがいい』なんて言われて嬉しくなってもいいはずなのに。

裏門から出てバイト先へ向かう。七瀬さんはわざとなのか、とてもゆっくり歩いている。

「わたしに興味なさそうなのがいいってこと。変に自己アピールとかしないとこ」

「は？」

「水嶋くんだけだよ、わたしが自分から、タイムライン見てなんて連絡するの。みんなはそんなことしなくてもすぐに反応するし、いいねもくれるし。わたしね、クラスのLINEの、どのグループにも入ってる。みんな招待してくれるから、みんながわたしの連絡先知ってるの。だけど誰も、わたしに直接メッセージなんてくれない。変だよね？　タイムラインのコメントとか、いいねはいっぱいくれるのに」

七瀬さんはちょっと残念そうに言った。

なんとなく、わかる気がする。七瀬さんは、みんなの七瀬さんだけど、誰かの七瀬さんじゃない。いつも誰かと一緒にいるけど、いつもみんなに囲まれてるけれど、その中の誰も、七瀬さんと親友だなんて言えないと思う。

「べつに、いいじゃん、人気者なんだし。贅沢《ぜいたく》な悩みだと思うけど」

七瀬さんをフォローするつもりで言った。だけど、七瀬さんはなぜか怒った顔をする。

「人気者なんかじゃないよ。わたし」

「なんで？　クラスで一番可愛いし、目立ってるし、自分でもそう思ってるだろ？」

言ってから、ちょっと言いすぎたかもしれないと思った。だけどそれは、たぶん事実だと思う。自分に自信がないやつが、あんなタイムラインを投稿なんてできるはずないし、躊躇《ちゅうちょ》なく男とふたりで帰ろうなんて言えない。きっと。

「わたし、中学のとき、いじめられてたんだよね」

七瀬さんが、ぽつりと言った。正直、反論されるとばかり思っていたからちょっと驚く。でも、なんて答えたらいいかわからなくて、「で?」と続きを促してしまった。だって世の中にはいじめられてたやつなんて山ほどいるし、可愛い子がいじめられるって女子にはよくある話だし。

「いじめって、地味でブスで大人しい子から順番に回ってくるんだよ。知ってる? 見た目って大事なの。見た目で弱味を見せたら終わりなの。だからわたし、見た目に命かけるようになった。化粧と髪形でどうにでもなるし、太ってたからダイエットして、制服だって、私服だって、雑誌とか見て研究して。高校に入ってからはSNSも、みんなに平等にいいねして、友達が更新したらすぐコメントして。今のわたしがコメントしたら喜ぶから、みんな」

「へえ、大変だね」

残念だけど、こんな返事しか返せなかった。さも大変みたいに言うけど、これくらいみんなやってるから。七瀬さんだけが頑張っているわけじゃない。コメントしてほしいからコメントして、いいねしてほしいからいいねする。そんなのみんな同じじゃないか。化粧したって可愛くなれない女子もいる。七瀬さんは可愛いくなれているんだからもともと恵まれてるってことだ。そもそも顔は変えられない。男子だってバカじゃない。化粧美人と天然美人の見分けくらいつく。

「ほんとに大変だって、思ってないでしょ」

「思ってるよ。女の子って大変だよなって。だけどさ、七瀬さんがいじめられてたのって、本当に太ってたり地味だったからなのかな」

俺が言うと、七瀬さんは「えっ」と言った。

「痩せて可愛くなったから、だから今はいじめられてないって思ってる？　みんなに平等にいいねしてたら、いじめられないって本気で思ってる？」

「どういうこと」

「俺は、美人だからいじめないとか、いつもいいねしてくれるからいじめないとか、そういう発想ない。逆に、わたし美人だから大丈夫とか、いいねしてくれるから仲よしだとか、そんなふうに思ってるやつがいたら、バカじゃねーのって思うし、すげー嫌」

俺がそう言ってちょっと笑ったら、七瀬さんは、大袈裟にため息をついて俺を睨むように見た。

「ほらね、そういうとこ。そういうの、平気で言っちゃうんだよ水嶋くんって。冷めてるけど、冷たいわけじゃない。一軍なのに、威張ったりしないし。わたしがこんなにアピールしてるのに、壷井さんとか構っちゃうし」

「え？」

壺井さん、なんていきなり言われて驚いた。なんで七瀬さんの口から壺井さんの名前が出てくるのかわからない。

「話し合いのとき、壺井さんのこと助けたでしょ。わたし、ちょっと壺井さんに嫉妬しちゃった。なんで助けるんだろうって。あんな、なんの努力もしてない子」

なんの努力もしてない子。七瀬さんにはそう見えているんだろうか。

「壺井さんが努力してないって、なんで思うわけ」

「してないじゃん。化粧もしない、ヘアアレンジもしない、グループにも入らない、ニコニコもしないで、ひとりでいても平気ですって顔して。たまたまいじめられてないってだけじゃない」

「何それ」

「だって、そうでしょ？　水嶋くんだって、壺井さんに同情してるだけじゃない。努力もしないで同情されて優しくされるなんてずるいよ」

七瀬さんは本心で言っているようだった。俺は七瀬さんの言い分が理解できなくて、ちょっと七瀬さんが可哀想になった。

「俺は壺井さんに同情なんてしてないよ。優しくしたつもりもないし。ただ手伝いたいから手伝っただけ。それに壺井さんは同情されて喜ぶほど、弱くないと思う」

俺が言うと、七瀬さんは悲しそうな顔をした。

「頑張ってみんなに好かれても、好かれたい人に好かれないって、なんかみじめ」

「俺は七瀬さんが嫌いだなんて言ってないよ。ただ、理解できないってだけ」

自信に満ち溢《あふ》れていた七瀬さんの表情がこわばって、七瀬さんが立ち止まる。

「わかった。じゃあわたしと友達になろ」

いきなりそんなことを言った七瀬さんは、ちょっと吹っ切れたような顔をしていた。

「あ、まだ友達になってなかったんだ、俺ら」

俺が言うと、七瀬さんが、ちょっとだけ笑った。初めて、〝なんか違う〟って思わない七瀬さんの笑顔が見られたような気がする。

「そうだよ。だって、水嶋くんとは友達になるつもりはなかったんだもん」

七瀬さんはちょっと悪戯っぽく言った。

「だけど、路線変更。まずは友達になって。理解してもらってから好きになってもらうことにする」

「……直球だね。その度胸、見習いたい」

「水嶋くんにだけだよ、こんなこと言うの。友達になるから、バイト先までこのままついていっていい？」

七瀬さんは甘えたような感じで俺の顔を覗きこんだ。

「友達に嫌だとは言えないってわかってて言ってるよな」

「ばれたか。水嶋くん、やっぱりするどいよね」

七瀬さんが笑う。

「勝手にどーぞ」

早足で歩き出す俺についてくる七瀬さん。さっきまで七瀬さんのペースに合わせていたせいで、早くしないとバイトに遅れそうだ。

「走ってもいいよ。追いかけるから」

「じゃあ、お言葉に甘えて。遅れても放っていくからそのつもりで」

「やっぱ冷たいなー水嶋くん。でもそこがいい」

「はいはい。勝手にどーぞ」

少し細い路地を入ったところに、『タートル』の看板がある。入口の狭い、個人経営の理髪店くらいのサイズの小さな店だから、普通に歩いていたら、ライトアップしていない時間帯の昼間は、気付かないで通り過ぎてしまいそうだ。苔の発生を防ぐため、水槽のあるスペースは日光が入らないようにしているから余計だろう。

「水嶋くん、バイト先まで魚屋さんなの!?」

目を丸くする七瀬さん。

「魚屋さん、じゃないから。アクアリウムショップだから」

「お帰り慶太。……あれ、そこの可愛いお嬢さんは、もしかして慶太の彼女か」

さっそく店長が顔を出す。

「お疲れ様です。あ、いや、違います」

「友達です、友達！　……あ、えっと、初めまして。同じクラスの七瀬です。今日は無理やり、水嶋くんについてきちゃいました」

七瀬さんが愛想よく、ぺこりと頭を下げると店長はみるみる上機嫌になった。

「おおいらっしゃい、入って入って！」

え、店に入れるのかよ、とぎょっとする俺を尻目に、七瀬さんは「いいんですかぁ？わぁ、ありがとうございますー」なんて言いながら、嬉しそうに一緒に店に入ってくる。

「魚とか爬虫類とか、嫌いなんじゃなかったっけ」

ちょっとむかついた俺が言うと、七瀬さんは「それはそうだけど」と答えながら店の中をぐるりと見回した。

「だけど、ここはなんかイメージと違うかもー」

イメージと違う、という七瀬さんの呟きに反応したのは店長だった。

「もっと、生ぐさいとか、汚いとか、怖いとか、そういうイメージだった？　昔の金魚の水槽みたいな感じを想像してたんだろ。よくいるんだよなあ、夜店の金魚を死なせちゃったトラウマで魚飼えなくなっちゃうやつ。うちの店はそういうのとは違うだろ？　僕は苔だらけのくさい水槽のイメージを変えたくてね。透明な水と、豊富な水草と魚でひとつひとつの水槽をデザインしてる。水槽はね、小さな芸術なんだよ」

七瀬さんは店長の話を聞いているのかいないのか、「うわあ、綺麗」なんて言いながらどんどん店の奥へと進んでいく。

「ひと通り見学したら、帰ってくれる？　俺もいちおうバイトしに来てるんで。冷やかしのお客さんは困るんだよね」

「いいじゃないか。冷やかし大歓迎だよ。特に可愛い女子高生はね」

店長は笑っている。たぶん半分は本音だ。店長の言うとおり、客の多くないアクアリウムショップには冷やかしの客でもいないよりはましで、自分の作品をひとりでも多くの人に見てほしい店長としては、若い女の子が店に来てくれただけで嬉しいってことなんだろう。

だけど俺は、正直言って困る。七瀬さんが店にいるとなぜか落ち着かない。こんなにも好きなものに囲まれて働いているのにそこに七瀬さんがいるというだけで、いつもの綺麗な景色と違って見える。俺の大切なテリトリーに無断で侵入されているみたいでどうにも気分が悪いのだ。残念だけど、それは七瀬さんと俺とが根本的に合わないということの確固たる証拠だと思う。

そんな俺の気も知らず、七瀬さんはそのあともしばらく店の中をくるくると動き回っていた。何が楽しいんだか知らないけれど、七瀬さんはその間、ずっと嬉しそうに笑っていた。

「水嶋くんはフツーにいつもどおり働いてればいいじゃん。わたしのことはお客さんと思えばいいでしょ」

「いやいや、そんな変なお客さんいないから。ちょこちょこ動き回られると通路狭いから迷惑だし」

ちょっと突き放し気味に俺が言うと、七瀬さんはあきらかにブスッと拗ねた顔をして、「店長さん、バイトの人が愛想悪いんですけど」なんてクレーマーみたいなことを言い始める。店長は俺たちのやり取りを見て、面白そうに笑っている。たぶん困っている俺の顔を見るのが楽しいんだろう。

冷やかしでも、馴《な》れ馴れしくてあつかましい態度でも、可愛いからなんとなく許されてしまう七瀬さんは、本当に得だと思う。

本人はどう思っているのか知らないけれど、七瀬さんが昔いじめられていたっていうのはたぶん、太っていたからでもブスだったからでもない。きっとこんな風に、なんでも許されてしまう七瀬さんが、その他の女子からすれば嫉妬や妬みの対象だったんだろう。昔は地味で太ってて大人しかったっていうけれど、そっちのほうが今より親近感も湧きそうだし、案外可愛いんじゃないだろうか。七瀬さんの無邪気な姿を眺めながら、俺はなんとなくそう思った。


「お邪魔しました。また遊びに来るね」

「ああ、ぜひともおいで。女子高生の友達も大歓迎だよ」

七瀬さんに向かって店長がにこにこ顔で手を振っている。俺もいちおう、店長と一緒に手を振る。七瀬さんの後ろ姿を見送りながら、ようやくいつもの姿を取り戻した店内にほっとする。

「はあ」

思わずため息が漏れてしまった。それを聞いた店長がぼそっと、特に俺に向かってというわけでもなく言った。

「今どきの女子高生って感じで可愛いけどなあ。慶太のタイプではないだろうな」

「へ？」

「ん？　違うか？　もしかして好きなのか？　だったら意外だなあ」

「……いや、好き……ってことはない、です……」

初めて口にした本音だった。なんか違う、とかではなく、好きってことはない。俺は、七瀬さんを好きなわけじゃないってことだ。

「だろうなあ」

店長はくっと笑いを堪えている。

「なにが面白いんすか」

「いやいや、すまんすまん」

「笑ってるじゃないっすか」

「いやいや、あまりにもなあ、なんかこう、慶太とは噛《か》み合わない感じだな。違うか」

「まあ……、そんな感じです」

「だろうなあ」

「……はい」

「可愛いんだけどなあ」

「……はい」

店長はまた笑う。俺は店長に見透かされたような気持ちになって、なんだかものすごく恥ずかしかった。でも、不思議と嫌な気持ちはしなかった。むしろなんだか清々《すがすが》しい気さえした。いつもどおりに戻った大好きな場所で、いつもどおりにポンプを動かす。砂利やソイルの隙間に落ちた餌の残りや魚たちの排泄物を綺麗に吸い取ってやると、この水槽の生きものたちに俺は必要とされていると感じた。

ミキさんへ
アカヒレの画像、見ました。

うーん、確かに地味！（笑）　でも、素朴で可愛らしいです。

パイロットフィッシュのことも、知らなかったので調べてみました。

他の魚たちが水槽に入るための準備をしてくれる魚。

水質が変わっても生き延びられるくらい強くなきゃいけないないし、他の魚を攻撃しちゃいけない。

ミキさんがアカヒレに似ているというその人は、きっと優しい人なんだろうなって思いました。

でもひょっとすると、強いっていうのは違うかもしれません。

弱さを隠すために、強いふりをして頑張っているのかも。

だけど、アカヒレに似ているというその人と、わたしが雰囲気が似ているっていうのはたぶん正解だと思います。

わたしも、ミキさんの予想どおり、地味で目立たないタイプの人です。

ひとりでいても平気なふりをして、実は弱さを隠すために頑張っちゃってる。

だからわたしはどちらかというと、アカヒレになりたい人、なのかも。

ミキさんがわたしとのやり取りを楽しみにしてくれているというのは驚きです。

その言葉がミキさんの優しさだとしても、わたしはすごく嬉しいです。わたしも、ミキさんにならなぜか、友達には言えないようなことをすらすらと言えてしまうから不思議。

長文になってしまってゴメンナサイ。

ナナ

帰宅後、すぐに自室のパソコンに向き合って、ナナからの長文コメントを読んでいた。ナナの言葉ひとつひとつは相手を嫌な気持ちにさせないようにと気遣って書かれたものであるような気がする。そこにナナの性格が表れているような気がするし、この文からも、ミキに対して特別な気持ちを持ってくれていることがわかる。

その気持ちが、ナナが俺をミキという女性だと思っているからだとしても、このブログの文章を綴っているのもアクアリウムを作っているのも俺だから、ということを考えると、俺の言葉に対してナナが特別な気持ちを持ってくれているのだと解釈してもいいんじゃないか、なんてついつい都合よく考えてしまう。

スマホには七瀬さんからのメッセージが来ているけれど、俺はそれを確認することもせず、そのままナナの日記に飛んでいた。

最近ではほとんど毎日のルーティンみたいになった、ナナの日記を読むという行為。

公開されている、誰が読むかもわからないブログの日記であるにもかかわらず、自分が悪いことをしているみたいな気分になってしまうのはきっと、ナナの日記があまりにも、誰かに見られるということを意識していないように思えるから、なんだと思う。

それプラス、もしかしたらナナが壷井さんかもしれない、ということが頭のどこかにあって、そうだとすると、クラスメイトの日記を素知らぬ顔で読んでいる自分がすごく嫌なやつみたいに思えてしまうからなんだと思う。

10月16日
好きな人に、好きな人がいる。ってことに気付いたのは、つい最近。

彼女はクラスで一番の美人で、わたしなんかとは比べ物にならないくらい魅力的な女の子。

彼と彼女が一緒に帰るところを目撃しちゃったのは、やっぱりわたしがいつも、彼を目で追っているからなんだと思う。

もしふたりが付き合うことになったとしても、告白どころか自分から彼に話し掛けることすらできないわたしには、悲しむ資格もないんだけど。

ミキさんがブログに書いていた、アカヒレの話。

わたしもアカヒレみたいに強くなりたい。

もしわたしにもっと勇気があれば、彼に自分から話し掛けられるのに。彼女になりたいなんて贅沢は言わないから、彼ともっと話ができるようになれたらいいのにな。


ナナの日記は、どこかから見つけて添付したらしいアカヒレの写真で締めくくられていた。

ナナの好きな人に、好きな人がいる。ナナが悲しい顔をしていることを想像すると、なぜか俺まで悲しい気持ちになってしまった。

俺の想像の中のナナは、いつの間にか壷井さんそっくりな女の子になっている。ずっと前からナナの顔を勝手に想像して楽しんでいたはずなのに、その顔はすっかり忘れて壷井さんに入れ替わっているのだ。自惚《うぬぼ》れているように思えて仕方がないけれど、もしナナが壷井さんなら、壷井さんの好きな人がもし俺なら。彼女の中で、俺の好きな人はひょっとすると七瀬さんってことになっているのかもしれない。

もしそうだとしても、その勘違いを否定する手段は今のところない。ミキがナナに対してそのことを否定するのもおかしいし、俺が壷井さんに直接それを伝えることはもちろんできない。『ミキ』が俺である限り、俺がナナと、直接繋がることはできないのだ。

ナナの長文コメントに対する返事を考えていると、部屋のドアがいきなり開く。

「ちょっと慶太！」

名前を呼ばれ、反射的に自分の背中でパソコンの画面を隠すようにして振り返る。

開いたドアの向こうにいたのは最近めっきり母親と声が似てきた美貴だった。

「慶太、あんた、森田と仲よくしてるって本当なの!?　今日のこと、あんたも知ってたんでしょ！」

「仲よくなんかしてねぇって」

誰に聞いたのか知らないが、きっと今日のサプライズに俺がいっちょ噛んでいるとでも思ってそれで怒っているのだろう。

「嘘ついてんじゃないわよ、バカ」

「いいじゃん、愛されてんじゃん姉貴。何回も告られてんだろ？　もういい加減付き合ってやれば」

「あんたには関係ない！　とにかくあいつと仲よくすんのはやめて！　あんなことされて迷惑なんだから！」

ヒステリックに怒鳴り出す美貴に「はいはい、わかった」と適当に返事をすると、バン！　という音とともに部屋のドアが閉められる。俺の部屋のドアノブの調子がおかしいのは美貴のせいでもあるのだ。

せっかく野球部の後輩まで巻きこんで森田が考えたサプライズだったのに、姉貴の心には届かなかったらしい。だけどあれだけ怒っているわけだから、一生忘れられない誕生日にするという森田の目的は達成できたと言っていいだろう。

ナナさんへ
ゴメンナサイなんてとんでもない！

パイロットフィッシュのことまで調べてくれて、嬉しいです。

地味で目立たないアカヒレに似ているなんて、彼女が聞いたら嫌がるかもしれません（笑）。

なのに、ナナさんのことを勝手に、彼女と雰囲気が似ているなんてすごく失礼だったかなとちょっと反省してます。ごめんね。

＞弱さを隠すために、強いふりをして頑張っているのかも。

なるほど。

そんな風に考えたことはなかったけど、もしそうだとしたら彼女には、頑張らなくていいよと言ってあげたい。

ひとりでいても平気なふりなんて、しなくていい。

嫌なときは嫌だ。しんどいときはしんどいって、言わなきゃわかんない人もいるからさ。
アカヒレになりたい人、か。それならわたしもそうかもしれません。
熱帯魚って綺麗だけど、ワガママな子が多いから。アカヒレみたいな子がいると
ほっとするんだよね。
人をほっとさせられるって、すごい才能だと思う。
ミキ

キーボードを叩きながら、これってもうほとんど壷井さんのことだと思った。ナナのコメントに返事を書いているはずなのに、ナナに宛てて書いているのか壷井さんに宛てて書いているのか途中からわからなくなっている。壷井さんがナナだと確定したわけでもないのに、いつの間にか頭の中ではナナと壷井さんがイコールで、壷井さんに言ってあげたかったことをナナに向けて書いている。

ナナにしろ、壷井さんにしろ、どちらも誠実で真面目なキャラクターだけど、たぶんいつの間にか嫌なことを押し付けられちゃう損なタイプの人間だ。いくら我慢が美徳だっていっても、自己主張せず我慢ばかりしていたらストレスは溜《た》まるいっぽうだ。

明日はバイトも休みだから、壷井さんに声を掛けて図書室で壁新聞の仕上げをやってしまおう。ついでにまた、それ以外の話とかもできればいいな、また笑ってくれた

らラッキーなんて思う俺。だって壷井さんの笑顔なんてちょっとレアだし、めったに見られないし。文章がうまくて手抜きをしない、それでいて仕事が速い壷井さんと作業するのはまったく苦にならない。むしろ楽しいと思うくらいだ。

『同情されて優しくされるなんてずるい』

と七瀬さんは言ったけれど、俺は決して壷井さんに同情したわけじゃない。優しくしているつもりもない。

もしナナが壷井さんだったとしたら、やっぱり俺は彼女に「頑張らなくていい」と言ってあげたいと思った。

「やっぱり他のやつにも手伝わせたほうがよかったかな。中岡も、あいつ俺が今日やるって知っててさっさと帰りやがったし」

そうぼやきながらテーブルに広げた模造紙、そこにA４サイズの記事を貼り付けやすいように両手をついてぴんと伸ばす。

放課後の図書室には今日は俺と壷井さん以外の誰もいない。テーブルを挟んで目の前には壷井さん。プリントアウトした壁新聞の記事の裏面に、黙々と両面テープを貼り付けている。

「他の女子も、無責任だよな」

手伝おうともしないとかさ、と言いかけてやめた。実は七瀬さんからついさっき、『わたしも手伝うよ』と言われて断ってきたからだ。断ってから、自分の勝手さに驚いた。結局のところ俺は、今日は壷井さんとふたりで作業したかったってことなのだ。それに、あのナナの日記が引っ掛かっているのもある。

「わたしは、べつに」

壷井さんは静かな落ち着いた声で言った。べつに、ふたりでもいいよって意味だといいなと思う俺。

「この記事、ここでいいかな」

控えめに、だけどしっかり仕事をしようと頑張ってくれる壷井さん。たぶん話すのは得意じゃないと思うのに、全部きちんと、俺にいちいち確認してくれる。

「あ、いいじゃんいいじゃん。じゃあ写真はこのへんにしようか」

「そうだね。いいと思う」

「よし、じゃあもう貼ろうぜ」

両面テープの紙をはがして記事を壷井さんに渡していく。広げた模造紙に次々とレイアウトされていく、壷井さんの文章と、ふたりで選んだ写真。セピア色に加工した、下町の町並み。近代的なスカイツリー、雷門、人力車。まるで時代がバラバラに見えるのに、全部同じ日だ。レトロと近代が融合した一枚の記事に合うように、記事のタイトルのフォントやサイズも、ふたりで選んだ。壺井さんの文章は綺麗で、どの記事もすごくうまくまとまっている。

細くて白い、壺井さんの指先が、Ａ４の用紙のしわをすっと伸ばしていく。模造紙に丁寧に貼り付けられた写真や記事。俺と壺井さんのふたりで作った壁新聞は、手書きで模造紙に直接というやり方で作るものより断然完成度が高くて我ながら嬉しくなった。これなら他のグループには絶対負けないはずだ。

「いいじゃん、すげえよくない⁉」

ちょっと興奮気味な俺の問い掛けに、壺井さんはふふっと嬉しそうに笑った。

「うん。いいと思う」

「だよな⁉　いいよな⁉　苦労した甲斐あったよな。って、苦労したのはほとんど壺井さんだけど」

「そんなことないよ」と壺井さんは真剣な顔で答える。

「水嶋くんがいてくれなかったら、わたし、どうしていいかわからなかったから。リーダーになっちゃってからはひとりでやるって決めてたけど、ほんとは不安だった。なのに誰にも手伝ってって言えなかった」

ひと呼吸置いて、「だから」と、壺井さんが俺を見る。眼鏡の奥の切れ長の目。マスカラとかつけまつげとか、二重テープとかがついていない、綺麗な目元。

そういえば、普段はコンタクトって言っていたはずなのに、壷井さんはこの前の図書室のときから、ずっと眼鏡をしてきている。もし自惚れでなければ、それって俺が眼鏡が似合うって言ったから？　まさかね。さすがにそれは、調子に乗りすぎだ。

「ありがとう、水嶋くん」

壷井さんが、笑っている。まるで眼鏡をかけた聖母マリアみたいな壷井さん。

なぁ、と俺は心の中で壷井さんに聞く。壷井さんは、ナナだよな？

「ありがとうとかなんでだよ。壷井さんのおかげでみんなの課題がうまくできたんだからさ、むしろみんなが壷井さんにお礼言わないとじゃん。あ、俺も含めて」

なんか早口で照れ隠しみたいになってしまった。

『みんなの課題』だけど、これは俺と壷井さんとで作った課題。最初は勢いでやることにしたサブリーダーだったけど、これのおかげで、壷井さんのことを知るきっかけになったと思うとすごく嬉しい。改めて、テーブルに広げた壁新聞を眺める。

「よし、完成」

壷井さんが、全部記事を貼り終えた模造紙を両手で広げて掲げて見せた。俺の言葉に答えない壷井さんもきっと、たぶん照れくさいんだと思う。だれかにありがとう、とか面と向かって言われるのは、俺も苦手だ。

「どうかな」

「完璧。文句なしで俺らのグループが優勝だな」

「優勝とか、そんなのあった？」

壷井さんがふふ、と口を開けずに小さく笑う。

「いいじゃん、優勝は優勝だよ。あ、ほらタケノコがご褒美あるって言ってたじゃん」

「そういえば、そんなことも言ってたかな。ていうか、前から思ってたんだけど、みんなからタケノコって呼ばれてるの、先生ぜんぜん気にしてないみたいだね」

「そうそう。滑舌悪いのと、髪形がタケノコっぽいのでいじられてるわけじゃん？　でもさ、意地でも髪形変えないってことは、意外と気に入ってるんじゃないかなとも思ってるんだよね。まあ、俺らも愛をこめて呼んでるしさ」

壷井さんがまた、ふふっと笑う。

「愛をこめて、なんだ。そんな風に言うの、水嶋くんくらいじゃない？」

「そうかな？　まあ俺は好きだから、タケノコのこと」

「わたしも好きだよ」

好きだよ、と言われてちょっとどきっとしてしまう俺。いやいや、好きってタケノコのことだから。勘違いすんなよ俺の脳みそ。

「いいやつだよな」

冷静に返事をしたつもり。だけど頭の中で繰り返される壷井さんの『好きだよ』。

「わかる。先生、意外とみんなのことよく見てるよね。あんなゆるい感じなのにクラスがバラバラにならないし」

「ああ、そういや俺も、なんでか知らないけどタケノコに、進路考えてないだろって言われたことあるんだよな。なんでわかるんだろうってびっくりした」

「そうなんだ」

「ああ、うん。ていうかさ、こうやって話すの初めてじゃない?」

「え?」と目を丸くする壷井さん。ちょっとだけ首を傾げると、長い黒髪がさら、と揺れる。

「俺と壷井さん。ちゃんと話したことなかったじゃん」

「あ……うん、そうだね」

「一年のときも同じクラスだったじゃん、だけど話したことなかった」

壷井さんがちょっとだけ、俺から目をそらして下を向く。あれ、なんかまずいこと言ったか俺。

「……あ、もしかして、話したこと、あった?」

壷井さんが小さく「うん」と頷いた。しまった。ひどいこと言っちゃったなと反省する。でも気になる。いつ、どんな話をしたんだっけ。

この前の図書室と、今日。壷井さんとふたりで話してみた印象は、何げない会話のやり取りがスムーズで、嫌な感じとか引っ掛かる感じがまったくない。ひと言で表すと、心地いい。だからもし、話をしたことがあるなら覚えていてもよさそうなのにと俺は思ったわけだけど。

「……ごめん、覚えてない。なんの話したんだっけ」

「いいの。忘れてるなら、大丈夫。たいした話じゃなかったと思う」

「何それ、余計に気になるんだけど」

壷井さんはなぜか恥ずかしそうな顔で俯いた。それ以上聞くのが可哀想になって、話を変えるつもりで思い切って言った。

「外、暗くなってきたからどっかまで送ろうか」

壷井さんがびっくりしたように顔を上げた。

「あの、わたし、電車だから……」

「そっか。じゃあ、駅まで送る」

校舎の四階にある図書室の窓から見える景色。日が沈んで暗くなりかけた空に、最近建った高層マンションの灯り、遠くに見えるショッピングセンターの看板。窓のそばから真下を覗くとまだユニフォーム姿の野球部とラグビー部の部員たちが部室あたりでうろうろしているのが見える。部活生や自習をしてる特進クラスの生徒以外でまだ学校にいるのはきっと俺たちくらいだろう。

完成した壁新聞をとりあえずスマホで撮影。俺の名前でグループラインに完成画像をアップすると、すぐに他のメンバーからの反応があった。

【もうできたの!?　てかうまくない!?】

【めっちゃ完成度高いじゃんすげー】

【これリーダーとサブリーダーだけでやったの?】

【ありがとうリーダー!】

【さすが壷井さんだよね】

【仕事早っ】

【やっぱパソコン使うと綺麗ー!　リーダー、サブリーダーお疲れ!!】

「ほら見て。みんな喜んでるよな。ってか、みんなぜんぜん手伝わないくせして返事だけは早いのな」

メッセージが並んだスマホの画面を壷井さんに見せながら、そういえば、と思い出す。

「てか壷井さん、グループ入ってなくない?　招待されてないってこと?」

壷井さんはすぐには答えない。通学バッグにペンケースや両面テープを片付けて、俺が見せたスマホをちょっとだけ覗きこんでみんなのメッセージを眺めたあと、完成した壁新聞を丁寧にくるくると丸める。まるでみんなの反応になんか興味ないって言ってるみたいに俺には見える。

「そういうのやってないから」

壷井さんはさらっと答えて立ち上がる。どういうことだ。って考えるけど、答えはひとつしかない。

「え、じゃあ、壷井さん連絡とかどうしてんの？」

「べつに問題ないよ。メールと電話あるじゃない」

「え、でもさ、メールとメッセージは違うじゃん」

と俺はちょっと反論する。

俺も立ち上がって壷井さんと並んで図書室を出る。丸めた模造紙がちょっと邪魔だけど、これは俺たちの努力の結晶だからいちおう大切に扱う。

「え、え、じゃあさ、Facebookは？　Twitterは？　インスタは？」

壷井さんは首を横に振る。

「ええ嘘だろ？　アプリなんかすぐダウンロードできるしタダなのに。なんでやんないの？」

壷井さんは俯いて、ぽそりと言った。

「なんか、嫌なの」

すごい抽象的な理由になんだかぴんとこない俺。みんなの連絡のツールは今では基本これだ。FacebookだってTwitterだって、今、誰が何をしてるかとか一目瞭然で、わざわざ集まったりしなくても、みんなずっと繋がってるような感じがして。発信こそしてない俺でも登録だけはしててみんなの状況をたまに眺めたり。タダだし便利だから使って当たり前みたいに思っていた。まさかやっていない人がいるなんて、しかも高校生で。なんだかちょっと信じられない。

「なんかって何」

渡り廊下を並んで歩く。日が暮れた中庭はなんだかひんやりと静かで、いつもと違う場所みたいに見える。校庭から、体育館から、部活終わりの生徒が行き来するけれど、誰も俺たちに見向きもしない。みんな汗びっしょりで、疲れていて、でも清々しい顔をしている。

「メッセージが来たら、すぐ返事しなきゃって、思っちゃうじゃない。読んだのに、なんで返事くれないんだろうって、心配になっちゃったりするじゃない。本当は、もらったメッセージをいつ読んで、いつ返事をするかなんて自由なはずなのに、いつ誰に連絡したって自由なはずなのに。わたしには、わたしのペースがあるから。それに、知りたくない情報まで全部入ってくるのが嫌だから」

壷井さんと校庭を横切る。野球部の一年生があと片付けをしていて、まだ端のほうにボールが転がっている。

おとなしくて、頭がよくて、きっちりと崩さずに制服を着て、眼鏡が似合う壷井さん。みんなに押し付けられた仕事でも、嫌な顔ひとつせずに引き受ける壷井さん。たまにグループから外された女子とかに、一緒にお弁当食べようなんて言われていきなり隣に来られても、受け入れて一緒にいる壷井さん。そいつがまたすぐに別のグループに入って都合よく離れても、嫌な顔をしない壷井さん。

壷井さんの意見は、正しかった。ベルの時代に壷井さんがいたとしたら、壷井さんがベルに助言をしたとしたら、ベルは電話を発明しただろうか。世の中に出しただろうか。いつかこんな世の中になるのなら、発明しても、自分の大切な人とだけ、こっそり使ったんじゃないだろうか。

「壷井さんはさ」

隣を歩く壷井さんの綺麗な横顔を眺めながら言った。ひんやりとした夜の空気が俺の顔にまとわりついて、それがなんだか気持ちいい。日が暮れた校庭に、壷井さんの黒くて長いまっすぐな髪はとてもよく似合う。

「みんなの仲間外れになるのが怖いとか、思わないわけ？」

「怖いよ」

意外にも、壷井さんは即答した。正門から帰るのは久しぶりで、ここから十分くらい歩くと壷井さんが電車に乗るであろう最寄り駅がある。

「じゃあなんで」

じゃあなんで、メッセージ機能やSNSを使わないのか。仲間外れになるのが怖いなら、みんなと同じことをしていればいいだけだ。わざわざそんな、みんなから仲間外れにされそうな行動を取らなくたっていいはずだ。

「でもいいの」と壷井さんは言った。意志の強そうな、綺麗な横顔。

「わたし、伝えたい人にはきっと伝わるって、信じてるから。読んだかどうかわからない手紙の返事を待つほうが、わくわくするって思わない？」

壷井さんは、ちょっと笑った。微笑んだという感じのほうが正しいかもしれない。

壷井さんの言葉には、力があった。俺の心のもやもやしたものを、吹き飛ばすような強い力。

『読んだかどうかわからない手紙の返事を待つほうが、わくわくするって思わない？』

思う。俺も、そう思う。

運動部よりちょっとだけ先に帰るブラバン部とか、俺たちみたいに残って自習していた特進クラスの生徒とか、そういうやつら、俺たちと同じ制服を着たやつらがちらほら見える、最寄り駅までの電車組の通学路。俺は家が近いから、チャリ登録もしてない珍しい徒歩通学で、正門からじゃなく裏門からの登校だから、この道を通るのは初めてだ。

「おれも、そっちのほうが好きかな」

「そっち？」

「読んだかどうかわかんない手紙とか。届いたかどうかわかんないメールとか。出てもらえるかどうかわかんない電話とか」

言いながら、何言ってんだろうと思った。ちょっとくさくないか、俺。

「そうなんだ。水嶋くんがそんなこと言うなんて、意外」

壷井さんはふふっと、また口を開けないで笑う。

「そうかな」

意外かどうかはわからないけど、読んだかどうかわかんない手紙の返事を待つことがわくわくするなんて、壷井さん以外の誰にも恥ずかしくて言えない。

「意外だよ。水嶋くんって、そういうこと言いそうじゃないもの」

でも、と俺は気が付いた。そうじゃない。壷井さんの他に、まだいたんだ。俺がこんな話ができる相手。

壷井さんを駅の改札まで送っていくと、駅構内にいた同じ学校の生徒がちらちらとこっちを見るような感じがした。たぶん、俺たちが付き合っていて、彼女を駅まで送りに来たとか思われているんだろう。

「送ってくれてありがとう」

改札の前で立ち止まって、丁寧にお礼を言って頭を下げる壺井さん。

「こちらこそ、課題、なんか押し付けちゃってごめん。俺も結局あんま役に立ってないよな」

「そんなことないよ。嬉しかった」

壺井さんの笑顔は俺だけの特権みたいに思ってしまうのは、やっぱり勘違いだろうか。

「じゃあ、また明日ね」

「うん、また明日」

壺井さんと話すのは楽しかったし、図書室で一緒に作業をするのも楽しかった。もっと壺井さんと話がしたい、強烈にそう思ったのは、やっぱり『読んだかどうかわからない手紙』のあたりから。それまでも、なんとなく居心地がいいなと感じてはいたけれど。

「あ、あのさ！」

改札を抜けてしまった壺井さんが、俺の声に振り返る。

「また、話せないかな……？」

壺井さんが、えっという顔で目を見開いた。化粧とかなんかしてなくても、眼鏡の奥で、きらきらとしてる綺麗な目。

「……えっと、ああそうだ、今度ジュースでも奢《おご》らせてよ。課題のお礼に」

苦し紛れにようやく出た言葉に、壷井さんの顔がゆるんだ。いつもは彫刻みたいに無表情で、だからこそちょっと崩れただけでものすごく魅力的な表情に見えるんだ。

「嬉しい」

改札の向こうで手を振る壷井さん。心の中でガッツポーズして、俺も手を振る。明日も普通に学校で会える。同じクラスにいるのにどうしてこんなにも別れが惜しいんだろうと思った。

壷井さんはもう振り返らない。壷井さんの後ろ姿は背筋がすっと伸びていて、さらさらと揺れる髪がすごく綺麗だった。

駅構内のあまり大きくない古いポスターに、黄色のムーンフィッシュの写真が使われている。ちょっと色あせたそれは、きっと誰にもムーンフィッシュだと気付いてはもらえないだろう。俺はこの景色をなぜか一生忘れないような気がした。

アヌビアスナナの秘密

ミキさんへ

ミキさんに、相談があります。

こんなこと、ミキさんに相談してもいいのかどうかはわからないけれど。

わたしには、好きな人がいます。

高校に入って初めての席替えで、わたしは彼と隣同士になりました。

ほとんど話すことはなかったけど、わたしは彼のことが気になって、いつも彼を見ていました。

テストのとき、彼が斜め後ろの席の彼の友達に、こっそり答案を見えるように置いてあげていたこと。

クラスで浮いている男子にわざと冗談を言ってからかって、みんなの話に入れるようにしてあげていたこと。

普段は友達とふざけたり、ぶっきらぼうな彼のちょっとした優しさに惹《ひ》かれて、わたしはいつの間にか、どこにいても彼を目で追ってしまうようになっていました。

一度だけ、彼に貸したシャーペンを、彼が壊してしまったことがありました。

彼はわざわざ新しいシャーペンを買って持ってきてくれて、だけどわたしは、そのとき壊れたシャーペンも、彼が買ってくれたシャーペンも、いまだに一度も使えずにいます。なんだかもったいないような気がして。

二年生になって、また彼と同じクラスになりました。

だけどやっぱり、わたしは彼に自分から話し掛けることはできませんでした。

勇気のないわたしに神様がチャンスをくれて、わたしは彼とふたりで話をするようになりました。そして今日、彼に駅まで送ってもらったんです。

嬉しくて、ドキドキしました。

別れ際に、彼がまた話そうと言ってくれました。

わたしは彼に、好きな人がいることを知っています。

だけど、わたしは嬉しかったんです。

ミキさん、わたしはどうしたらいいですか？

男の子とふたりで話すことなんてほとんどなかったから、どうしたらいいかわかりません。

できることなら、少しでも魅力的な人に見せたいです。

いきなり変な相談、ごめんなさい。

ナナ

ナナからのコメントを半分まで読んだあたりで、もう限界だと思った。最後まで読まなくたってわかる。たぶんきっと間違いなく、ナナは壷井さんだ。

俺は忘れていた。一年のとき、壷井さんが隣の席に座っていたことも、シャーペンのことも。

確かに借りたシャーペンを壊した記憶があったし、それを買って返そうと思った記憶もある。壊したシャーペンに似たシャーペンの新品を、たまたま姉貴の部屋で見つけて勝手に持ち出して、あたかも買ってきたみたいにその子に返したことだって、今やっと思い出した。その目立たない女子は、壷井さんだったのだ。

俺は忘れていた。壷井さんと話したことも、断られなそうだからって理由でシャーペンを借りたことも。テストのときはアホな中岡に毎回答案を見せてやっていたことも、いつも隣で壷井さんがそれを見て見ぬふりをしていてくれたことも。俺は壷井さんを気にもしていなかった。

その頃の俺は周りのやつらと同じように、クラスで一番か二番目に可愛い女子に夢中で、卒業前に告白された中学の後輩とたまに適当に連絡を取り合ったりしていて、そんな俺が、壷井さんの優しい視線に気が付くはずもなかった。だから壷井さんに、買ったふりして返した姉貴のシャーペンを渡したとき、『ありがとう、大事にする』ってなんだかやけに嬉しそうに言われたことすら忘れていたんだ。

俺は、きっと壷井さんを傷つけてしまっただろう。一度も話したことないよな、なんて。

俺はもう、ミキとしてナナに返事をすることなんてできないと思った。ミキとして、ナナの相談になんて答えられないと思った。ナナはミキに無視されたと思ってまた傷ついてしまうだろうか。それでも、俺はもう、ナナに何も言えないと思った。

ナナに返事ができない代わりに、水槽の中できらきら光る俺の自慢の水草の、アヌビアスナナの写真を撮ってブログに載せた。アヌビアスナナが、水泡をぴかぴかとくっつけて生きている、まるで緑の宝石みたいに撮れた写真。何も文章は書かずに、ブログにはそれだけをアップして、ページを閉じた。

もう、嘘のブログは書けないと思った。

少なくとも、ミキとしてナナと会話することはできないと思った。せっかく本音を語れるナナと出会えたっていうのに、自分の嘘のせいでそれを失うなんて寂しいけれど、自業自得だ。

傷つけてごめん、ナナ。どうかせめて、アヌビアスナナに気付いてくれますように。

10月17日

彼が駅まで送ってくれた。

ドキドキして、苦しかった。

緊張しすぎて何を喋ったのかあまり覚えていないけど、でも彼が「また話したい」って言ってくれたことだけは、しっかりと覚えてる。

彼が好きなあの子みたいにはなれないけど、少しでも彼に見てもらえるような自分になりたい。

ちゃんとわたしの目を見て、彼がわたしの話を聞いてくれたことが嬉しかった。

わたしも、もっと彼と話がしたい。


『もっと彼と話がしたい』

俺も、もっとナナと、壷井さんと、話がしたい。ナナが、壷井さんが苦しいって書くと、俺も胸が苦しくなった。彼女がドキドキしたって書くと、俺も今日のことを思い出して胸がドキドキした。壷井さんの横顔、帰り際の、壷井さんの柔らかい笑顔。

今こうやって、彼女の日記を読んでいるのは罪にはならないのだろうかと考える。

ナナが、壷井さんだと知っていて、ナナの日記を読むのはいけないことなんじゃないか。たとえ公開されている日記でも、これは盗み読みしてることになるんじゃないか。壷井さんが、ナナが、俺を思う気持ちが綴られた日記は、まるで甘い禁断の果実みたいに魅力的で、だから俺は、それを読まずにはいられなかった。

彼が好きなあの子、それってたぶん、七瀬さんのことなんだろう。違うよナナ。俺が好きなのはきみのその言葉のひとつひとつで、俺が好きなのはきみのその優しさで、俺が好きなのはきみのその、真面目で誠実で一生懸命な性格で。だから、俺が好きなのはきみだよ。

今、やっとわかった。顔なんか見たことがなくたって、俺ははじめからきみのことが好きだったんだ。

校外学習の課題提出の期限が過ぎ、三日ほどたった日の帰りのショートホームルーム。タケノコが教室に持ってきたのは食堂の裏メニュー、カツサンド十二人分だった。

「わざわざ食堂のおばちゃんに頼んで作ってもらったんだからなー！　食ったグループはあとでおばちゃんにお礼を言うように！」

タケノコが声を張り上げる。三つのグループがそれぞれ提出した壁新聞、一番評価の高かったのは予想どおり俺たちのグループだ。見事ひとり一人前のカツサンドを手に入れた我がグループのメンバーは、ほぼ全員がまるで自分たちの手柄みたいに騒いでいる。

他のグループのうらめしそうな視線にちょっと優越感を感じながら、斜め後ろを振り返る。

壺井さんは、微笑んでいた。みんなもう、きっと壺井さんが課題をやってくれたことなんて忘れてる。だけど、目が合った壺井さんは「それでいいの」って顔をしていた。たぶん俺だけが、壺井さんの気持ちを知っている。せめて俺と一緒に作ったものが評価されたことを、喜んでくれていたらいいなと思う。

ショートホームルームが終わると俺たちのグループのやつらは速攻でカツサンドを手にした。いつもならみんなすぐに帰るのに、なんとなくすぐには立ち上がらない雰囲気は、ちょっとした祝勝会ムードってところだろうけど。

「やっぱうめえ」

ほとんどなんにもしていない中岡が早速カツサンドにがっついている。ソースの匂いに釣られて俺もカツサンドのラップを剥《は》がす。

壺井さんは、と気になってちらりとまた振り返る。壺井さんは、食べていないけれど、やっぱりちょっと嬉しそうな顔をしている。よかった。壺井さんが笑っていたら俺も嬉しい。

壺井さんの顔ばかりちらちら見ては、嬉しさが隠せない俺に向かって、七瀬さんは

「水嶋くん！」

と後ろから名前を呼ぶ。七瀬さんがニコニコしながらこっちに向かって歩いてくる。

「水嶋くん、わたしダイエット中だから、これあげる」

「あ、ありがと」

差し出されたカツサンドを素直に受けとると、中岡が口を開けたまま俺に冷たい視線を送ってくる。

「いいよー食べて食べて」

七瀬さん以外にも、目立つ女子たちはみんなダイエットだとかいらないとか言ってそのへんの男子にカツサンドをあげている。カツサンドは食べないくせに、毎回休み時間にみんなでお菓子を交換したりしてる女子はやっぱり理解不能。カツサンドのほうがよっぽどうまいのに。

七瀬さんがくれたカツサンドは、物ほしそうな視線を送ってくる中岡に「やるよ」と言って譲ってやった。壷井さんのことが気になって。ただでさえ、俺の好きな人が七瀬さんだと勘違いしてるってのに、こんなことされたら困る。せめて中岡にやったことを壷井さんが気付いてくれたらいいけど。

「うわぁ俺、食いかけのほうがよかったな七瀬さんの」

「中岡……お前、きもっ」

食いかけのほうがよかったとか言いながら、さっさとラップを剥がして食い始める中岡は、やっぱりバカだ。

「仲いいねぇ七瀬さんと」

食いながら、そんなことを言ってちゃかしてくるからめんどくせぇなと思う。

「だから、仲よくねぇって」

「またまたぁ。七瀬さんと仲よくなって嬉しいくせに」

「やめろってまじで」

中岡の声が無駄にデカイせいで、壷井さんが勘違いするのは困る。これ以上、悲しい思いをさせたくないのに。

「七瀬さんとは、なんもねえから」

わざと、斜め後ろの壷井さんに聞こえるように大きめの声で言った。もう、クラスの他のやつや七瀬さん本人に聞こえたって構わない。壷井さんの誤解が解けさえすれば。

言ったあとで、壷井さんがどんな顔をしているか気になって、そっと振り返ってみる。

壷井さんは、もうそこにはいなかった。

いつも俺が振り返ると、自分の席でおとなしく座っていた壷井さん。壷井さんがそこにいないだけで、がらんとしていつもとまったく違う景色に見える。俺は壷井さんのことなんて、少し前までまったく意識していなかった。なのにいつの間にか、振り返るといつも壷井さんがそこにいることが当たり前になっていた。

「なあ、壷井さん、どこ行ったか知らねえ？」

ずっと後ろ向きで座っていた中岡に聞いてみる。

「え、壷井さん？」

なんで？　と聞きたそうな中岡のきょとんとした顔。

「いただろ？　さっきまでそこに」

「知らねえよ。俺が見てるわけないだろー、壷井さんとか」

怪訝《けげん》な顔でカツサンドをムハムハとかじり続ける中岡に妙に苛立って、思わず立ち上がる。

「見とけよ、アホッ」

「は？　意味不明。慶太どうかしたのかよー」

中岡の声を背中で聞きながら走り出す。ほとんど空っぽの通学バッグが邪魔だ。

教室を飛び出したとき、七瀬さんがこっちを見たのがわかった。たぶん、また一緒に帰ろうとか言うつもりだったんだろう。壷井さんの姿を探して、でもどこに行けばいいのかわからなくて廊下をきょろきょろと見回しながら走る。ふと廊下の窓から顔を出すと、渡り廊下から中庭に向かうところに壷井さんの姿があった。

慌てて壷井さんのいる場所に向かって走り出す。間に合わないかもしれないけど、見失うかもしれないけれど、壷井さんの通学路はこないだ送って行ったばかりだからわかる。駅に向かって走って行けば、ゆっくり歩く壷井さんに追いつけるはずだ。

中庭に面した渡り廊下に砂埃が舞い上がる。そんなところを走ってるやつなんていないから、みんな振り返って俺を見る。だけどそんなこと、今は構っていられない。

「お、慶太くん！」

もう部活は引退する時期のはずなのに、いまだにユニフォーム姿の森田とすれ違う。森田にも、今日は構ってる暇はない。

「ちょっといそいでるんで！」

「眼鏡の女の子なら、裏門から出てったでー」

そのまま立ち去ろうとした俺に向かって、森田がよく通る声でそう言った。

え、裏門？　正門じゃなくて？

てか眼鏡の女の子って壷井さんのことだよな？　なんで俺が壷井さんを追いかけてるって知ってるわけ？　疑問符が頭の中に並んで仕方なく立ち止まる。

「なんで俺が眼鏡の女の子追いかけてるってわかったんすか」

森田が嬉しそうににやりと笑う。

「こないだ一緒に帰ってんの見たんや。大事な弟の彼女やねんから、チェックして当然やろ」

「てか、彼女じゃないですから。それにそもそも弟でもないし」

「そんな照れんでええがな」

「彼女、裏門から出てったってほんとですか」

森田はまた嬉しそうに笑って頷いた。

また走り出す俺に「頑張りやー！」と森田が後ろから叫んだのが聞こえた。走りながらふと、兄貴がいたらこんな感じかなと思ったことは、森田にはもちろん言わないけど。

それにしても、壷井さんの帰り道は正門からのはずなのに、なんでわざわざ裏門から出ていったんだろう。ちょっとだけ、森田の情報を疑いながら俺も裏門から飛び出した。今更だけど、なんで壷井さんの連絡先を聞いておかなかったんだろうと後悔する。また誘うつもりだったんだから、電話番号でもメールでもいいから、聞いておけばよかった。

壷井さんは、他の子とは違う。俺から繋がろうとしない限り、勝手に繋がったり、今どこにいて何をしてるかすぐにわかったりしない。そのことが、こんなにも不便で歯がゆいなんて思いもしなかった。

俺が知っているのは、壷井さんの、ナナの日記だけ。壷井さんと俺が繋がれるのは、ナナとミキとしてだけで、壷井さんのことが知りたければ俺から繋がるしかない。

裏門から駅に通じる道をきょろきょろと探しながら走った。

「くそっ……、逃げ足速《はえ》え……」

もう電車に乗ってしまったかもしれない。俺はそういえば、壷井さんがどこに住んでいるのかだって知らない。どこ行きの電車に乗って、どこで降りるのかも知らない。勝手に日記を読んでいるだけで、壷井さんと繋がった気になっていたのは俺だけだったんだ。

10月21日
彼と一緒に頑張った課題が優勝！
優勝したことは嬉しかったし、彼が振り返って、わざとわたしと目を合わせてくれたときも、すごく嬉しかった。
頑張ってよかったー！　って思った。
だけど
わたしはなんてひねくれてるんだろう。
彼がわたしともっと話したいって言ってくれたからって、彼がわたし以外の女の子と仲よくしない、ってわけじゃない。

彼が他の子と仲よくしてるだけで耐えられなくなるなんて、わたしはいつの間にこんなに欲張りになっちゃったんだろう。

彼が優しくしてくれたから。

こんなことなら、ずっと話もできないでただ見てるだけのほうがましだった。こんな嫌な自分になっちゃうなんて。

彼女みたいに綺麗で明るい性格なら、自分から彼に話し掛けることができたのかな。

やったね！　って、頑張ってよかったね！　って。

手伝ってくれてありがとう！　って、笑顔で言えたのかな。


「ああもうっ！　なんだよそれ……」

なんていうか、すげえマイナス思考だし、相変わらず俺が七瀬さんを好きだと勘違いしたままだし（たぶん）。

しかも、〝こんなことなら話もできないままのほうがましだった〟ってなんだよ。

勝手に悲しむなよ！　なんか俺がすげー悪いやつみたいじゃん。

なんて、結局はナナのブログを読まずにはいられなかったヘタレな俺。

だって、壷井さんがどう思ったのか、なんで帰っちゃったのか知りたかったから。ずるいことなのはわかってる。好きな女の子の日記を勝手に読むなんて。しかも、相手も俺のことを好きなのを知っていて。こんなのはフェアじゃない。そんなことはわかっているけど、どうしても壷井さんの頭の中がどうなってるのか知りたくて仕方ないんだ。

ナナの日記をチェックしている間にも、いつもどおりスマホに流れてくるメッセージ。

【今日、なんでいきなり帰っちゃったのー？　あのあとみんなで打ち上げでカラオケ行こうって話になったのにーー！】

七瀬さんから。お決まりのようにメッセージのあとには可愛いスタンプ。拗ねたような顔の猫のキャラクターが七瀬さんらしい。

【彼女に追いつけたかー？　俺が見かけたとき彼女、ちょっと泣きそうな顔やったから心配やわ】

森田から。

余計なお世話、と言いたいところだけど、壷井さんが泣きそうな顔をしていたとしたら、あの日記からしてもそれは俺のせいなんだろう。だからって、どうすればいいのかなんてわからなくて俺はやっぱり途方にくれる。女の子って、こんなにも難しいものだったっけ。

【壷井さんが急に帰ったから心配で追いかけたんだけど、結局追いつかなかった。女の子って難しいよな】

七瀬さんに愚痴《ぐち》っても仕方ないのに、でも嘘をつくのも無意味な気がしてそう返信すると、すぐさま返事が返ってくる。まずはプンプンと怒った顔の猫のスタンプが先に来て、次に短いメッセージ。

【たぶんそういう無神経なとこが怒らせちゃう原因！】

七瀬さんの言葉の意味がよくわからなくて【なにが？】って返すと、また同じ怒った猫のスタンプが来る。

【わたしなら何言っても傷つかないってわけじゃないからね！　水嶋くんが壷井さんを好きなのはなんとなく気付いてたけど！】

要するに、七瀬さんに壷井さんのことを相談したのは間違いってことなんだろう。聞いてきたのはそっちのくせに。やっぱり女の子って難しい。

【ごめん】と返すと【そのごめんはいらないでしょ！】とまた怒られてしまった。

【じゃあ怒られたついでにいっこ質問していい？】

【いいよ。特別に友達として聞いてあげる】

ウフって感じの猫のスタンプ。長いまつげといい流し目の感じといい七瀬さんそっくりだ。そういう自覚があって使ってるんだとしたらかなりあざとい。

【好きな女の子に、俺が七瀬さんのことを好きだって勘違いされてるみたいなんだけど、そういう場合どうしたらいいのか教えてほしい。】

【なんなのそれ！　女心わかってなさすぎていい加減ひくんですけど！】

今度は猫が怒っている。

【すいません。でも、一緒に帰ったりとかしてたら勘違いされても仕方ないのかなと思って。で、勘違いを解くにはどうしたらいいのか、モテる女子目線で正直な意見がほしいんだけど】

俺が正直にそう送ると、秒速で返ってきていたメッセージが既読になって五分ほど空いた。

さすがにキレられたか、と思ったけど、七瀬さんに嫌われることが怖くはなくなっているのはたぶん、俺がそれだけもう壷井さん以外見えていなくて、他はどうでもいいって思っているってことなんだろう。

結局十分ほどしてからようやく返ってきたメッセージはこうだった。

【そんなの〝僕が好きなのはきみだ！　きみだけだ！〟って本人に直接言うしかないでしょ！】

おまけみたいに例の七瀬さんそっくりな猫があっかんべー！　をしているスタンプ

が送られてきた。

つまり告白しろってことか。そうだよな、やっぱりそれしかないんだよな。告白なんてしたことないし、正直言って、壷井さんとお付き合いしてみてえー！　っていうような願望を抱いていたわけではなかったから、告白イコール付き合ってくださいになるんだと思うとちょっと尻ごみしてしまう俺。

あーだこーだと考えていて、七瀬さんに返事をしないままでいると、またスタンプが送られてきた。

「バーカ」と言ってる猫を見て、改めて七瀬さんってこういうキャラだったんだなと思う。

【本性出てきてるし。七瀬さんってアイドルキャラじゃなかったんだな】

俺が送るとすかさず、

【水嶋くんのバカ】

とだけ送られてきて、俺はちょっとだけ笑った。

【今日は結局、彼女に追いつけませんでした。で、先輩に相談があります。告白ってどうしたらいいんですか。俺、一度も告白ってしたことがなくて、先輩はアレですよね、告白のプロですよね？　告白のコツとかあるなら教えてほしいんですけど】

森田にメッセージを送ると、すぐに返事が返ってくる。

【なんや、告白⁉　ホンマにまだ彼女とちゃうかったんかいな。てっきりもう付き合ってるもんやと思ってたわ。まぁ、一緒に帰ってくれるような仲なら告白しても八割がたいけるやろから安心しとき。てか、告白のプロってなんやねんそれ！　告白にコツなんかあるんやったら俺が教えてもらいたいわ！】

そうだった、と思い出す。森田が姉貴に何度も告白しまくっているとはいっても、それがまだ一度も成功していないのだから、そんなのはプロとはいえない。だけど俺が見習いたいのは面倒で精神的ダメージが大きい告白っていう作業に何度もめげずにチャレンジできるその度胸と図太さなのだけれど。

【すいません。そうでした。ちなみに先輩は、どうやって告白したんすか？　ちょっと参考までに】

【どうやってって、そりゃあもう、全部試したわな。呼び出して口頭で伝えたり、手紙も書いたことあるし、サプライズもまぁ、失敗やったみたいやけどな。会うたびに好きやとは伝えてるけど、一度も返事もらったことないねんなぁ】

なんだかすげえ、と思ってしまった。あの風貌《ふうぼう》で手紙ってのもびっくりだし、会うたびに好きだと伝えてるってそれ、もうネタじゃん。やりすぎて逆に本気かどうか疑われても仕方ないじゃんってレベルじゃね？

【ありがとうございます。参考になりました。】

【卒業までに俺ももう一回、チャレンジする予定やから、そのときは協力よろしく頼むで！　頑張れ弟よ！】

なんだろう。弟と呼ばれることがだんだん嫌じゃなくなってきたのは気のせいだろうか。そう思いながら、『あざーす』のスタンプを返しておいた。

カクレクマノミの告白

壷井さんに告白をしよう。そう決心してから一週間が過ぎていた。

この間に三回、俺は壷井さんに話し掛け、ぎこちない会話を交わしている。どうやら壷井さんは、人が大勢いるところで話し掛けるとあまり目を合わせてくれず、図書室で話したときのようにちゃんとした会話もしてくれないらしい。何度も話し掛けるうちに、なんとなくそのことがわかってきた。

俺が壷井さんに話し掛けた日のナナの日記には必ずといっていいほど、『緊張してうまく話せなかった』とか『恥ずかしくて目を合わせられなかった』『自分が嫌になる』と相変わらずマイナス思考の後悔と反省の念が綴られているため、なんだか話し掛けることすら可哀想に思えてくる。

あのレアな笑顔を引き出す為には、やっぱりふたりにならないといけない。何かふたりになれる理由はないか、壷井さんをどこかに誘うきっかけはないかと探していたときだった。

いつもどおり俺の斜め後ろの席にいた壷井さんと、美術部のおとなしい女子ふたりが会話しているのを聞いた。聞いたというより、ほぼ盗み聞きしていたようなものだけど。

「あっ、わたし、その映画好き」

美術部のふたりとのなんてことない会話の中で、かなり控え目に発せられたその壷井さんの台詞《せりふ》だけが、俺の耳にはっきりと聞こえた。

　壷井さんが好きだと言ったそのアニメーション映画は、小さな魚が大活躍するちょっと昔のどちらかというと子ども向けの映画で、最近その続編がテレビ放送されたばかりだった。重要なのはその映画自体ではなく、その映画に出てくる魚だった。

　そして俺は、そのチャンスを逃さなかった。なんてことない会話を終えて美術部の女子ふたりが壷井さんから離れたその瞬間、俺は壷井さんの机の前に立っていた。

「さっき話してた映画のことだけどさ」

　えっと驚いた顔で俺を見上げる壷井さん。いきなり目の前に立たれてびっくりしたんだろう。

　三時間目のあとの休み時間の教室は騒がしい。さりげなくちらちらと視線を感じるのは、普段それほど喋らない壷井さんと俺という組み合わせが珍しいからだろう。壷井さんに話し掛けている俺。なんかあるなこのふたり。そんな感じでみんなさりげなく観察だけは抜かりない。特に女子はそういうことに敏感だ。

「さっき、好きだって言ってた映画だけどさ」

「え、あ、うん」

　ぎこちなく頷く壷井さん。さら、と綺麗な黒髪が揺れる。

「その映画に出てくる魚、本物見たことってある？」

頼むから、ないって言ってくれ。

壷井さんが、首を横に振る。

「ううん」

よっしゃきたー！　心の中でガッツポーズを決める俺。

「壷井さん、今日、放課後空いてる？」

小さく頷く壷井さん。やった。

「ちょっとだけ付き合って」

最後のほう、声が震えた。壷井さんがまた、小さく頷くと、休み時間の終わりを告《つ》げるチャイムが鳴り響く。席に戻ると、目を丸くして俺を見ていた中岡が、ニヤニヤと笑いながら話し掛けてくる。

「放課後デートっすか？」

「バーカ。うるせ」

「七瀬さんはどうすんだよー、七瀬さんはー」

「黙れって」

中岡の椅子のケツを後ろから蹴り上げる。壷井さんは、今どんな顔をしてるんだろう。四時間目の授業の間じゅう、俺は斜め後ろの席にいる壷井さんの表情が気になって気になって仕方がなかった。

壷井さんが好きだと言った映画の主人公は、カクレクマノミという小さな魚だ。オレンジに白の模様が可愛らしくて、映画の公開以降は人気が急上昇。今じゃ水族館にもカクレクマノミのコーナーが設けられていたりするほどだ。海に棲《す》む魚、いわゆる海水魚を飼育するのはアクアリスト初心者にとってのちょっとした夢で、淡水魚の水槽は大小合わせて四つ持っている俺でも海水魚には一度も手を出したことがない。

手を出したくても出せない理由は、なんといってもコストの面が一番大きい。一度水槽の立ち上げに成功すれば、意外なほど維持費がかからない淡水魚のアクアリウムに比べると、水替えのたびに人工にしろ天然にしろそもそも海水から準備しなければならない海水魚のアクアリウムは恐ろしくコストと手間がかかる。もちろん海水以外にも、サンゴやバクテリアの棲むライブロック、水温を保つヒーターやクーラーなど、とにかく必要なものが山ほどある。ＬＥＤライトで照らした海水魚の美しさは、それでもほしいと思わせるほど魅力的なことは間違いないけれど。

『はい、アクアリウムショップタートルでーす』

あまり歯切れのよくない独特の声。ちょっとだらしないイメージになるので語尾は伸ばさないほうがいいっすよ、と俺も何度か注意してみたことがある。まあでも、そんなところもひっくるめてこの人らしい。

「あ、もしもし、亀田さん？　あ、えと、今日、なんですけど、ちょっと連れて行きたい人がいるんですけどいいっすか？」

そこまで言うと、電話の向こうで亀田さんがふふんと笑ったのがわかった。昼休みの中庭は気持ちがいい。俺はスマホを片手に、たまたま空いていたベンチでペットボトルのコーラを飲んでいる。うちの学校は、授業中以外はスマホの使用が許可されている。だから休み時間になるとみんな、堂々とスマホを片手に飯を食ったり友達と喋ったりしている。

『いいぞ、もちろん。彼女か？』

電話の向こうの声が弾んでいる。亀田さんは俺にとって父親みたいなもんで、母親しかいない俺にとっては好きな子を会わせたいと思える唯一の人物でもある。

「女の子ですけど、彼女じゃないっす、まだ、いちおう」

『まだ、か。なるほどね』

「あ、こないだ来た子じゃないっすよ。あの子は勝手についてきただけですから」

これは先に言っておかないとちょっとまずい。七瀬さんが来ると思われていて、亀田さんに変なリアクションをされてしまったらやっかいなことになるからだ。

『ほー、てことは、あれか。今日来る子が本命ってことだな』

「ていうかだからこないだのは本当に勝手に……」

『ハイハイわかったわかった！　楽しみにしてるぞ、慶太の本命』

「ちょ、あの、本命とか、余計なこと言わないでくださいよお願いですから」

『わかってるって』

亀田さんの声が笑っている。本当にわかってんのかなこの人、と若干不安に思いながらも「じゃあ、お願いします」と言って電話を切った。

その日の放課後、壷井さんに逃げられないように、俺は終礼後すぐ斜め後ろの壷井さんに声を掛けた。

「行こ、壷井さん」

まだ教室にはみんないて、中岡はニヤニヤ笑っているし、七瀬さんはちょっと拗ねたような顔をしてる。壷井さん本人はガチガチの無表情で「……うん」と自信なさげに頷いた。

こういうの、クラスのみんなの目の前で言われたりするの、壷井さんは苦手なんだろうなと思った。だけど、この前みたいにサッと逃げられちゃったらどうしようもないから、すぐ捕まえちゃわなきゃいけなかった。

「ごめんな。なんか無理やりみたいになって」

みんなの視線を避けるように早足で教室を出て、渡り廊下からグラウンドへ。隣に並んでくれない壷井さんがちゃんとついてきてくれているか時折振り返って確認しつつ、裏門から出て、俺のバイト先、タートルに向かう道を歩いている。学校を出るまで壷井さんの顔はずっとカチコチにこわばっていて、話し掛けてもまともに返事が返ってこなかった。だけどようやく、壷井さんの声が聞けた。

「え、と……無理やりなんかじゃないから大丈夫」

「そっか、ならよかった」

とりあえずほっとひと安心。壷井さんの声が聞けるまで、まるで誘拐犯にでもなったような気持ちだった。

「水嶋くん」

「うん?」

やっと隣に並んでくれた壷井さん。だけど、俺よりほんの少しだけ、半歩ほど後ろを歩いているから振り返ってばかりいる俺はちょっと首が痛い。

「あの、付き合ってほしいって、なんなのかなって……」

「それは、着いてからのお楽しみ。帰りはちゃんとまた、駅まで送るから心配しないで」

壷井さんが相手だと、俺は硝子《ガラス》細工に触るみたいに丁寧な話し方になるような気がする。ちょっと緊張するし、大切にしないとすぐ壊れちゃいそうな感じがする。

壷井さんが、ぷ、と噴き出した。

「え、何、なんで今笑った？」

「だって、水嶋くん、着いてからのお楽しみって。そんなこと言う人だったんだなって……」

漫画に出てくる女の子みたいに口に手を当てて、くすくすと笑う壷井さん。壷井さんのツボがいまいちよくわからない俺。

「そんな面白い？　壷井さんのツボわかんないんだけど」

「え、水嶋くん、ダジャレ……？」

「いや、わざとじゃないから！　ダジャレじゃないから！」

弁解する俺を見て壷井さんがまた笑う。ああこれだ、嬉しいと思う俺。やっぱり壷井さんは、俺とふたりになったらこんな風に自然に笑ってくれるんだ。

「やっぱ、笑ってるほうがいいな、壷井さんは」

「……えっ」

眼鏡の奥の目をぱちくりさせている壷井さん。やばい、なんか可愛いんすけど。

「笑ってるほうが可愛い。いつも、もっと笑えばいいのに」

壷井さんは黙ってしまう。色白の顔がみるみる赤く染まっていく。やっぱり可愛い。

壷井さんってこんな可愛かったっけ。俺って相当見る目なかったんだなと一年の頃を思い出して今更悔しくなる。

「やっぱダメ。このレア感は俺だけが味わいたいかも」

「えっ、何？」

「あ、なんでもない独り言」

「水嶋くんって、なんか不思議」

クス、と笑いながら壷井さん。

「え、なんで不思議？」と俺。俺からしたら、壷井さんのほうがよっぽど不思議なんだけど。

「水嶋くんってぱっと見ただけだとね、他の目立つ男子と一緒に見える。ちょっとチャラチャラしてるように見えるし、なんにも考えていなそうに見える」

「ちょ、ひどくね？　そこまで言う？」

「あ、違うの、違うの、そういう意味じゃなくて……」

「いやいや、そういう意味じゃん……」

壷井さんの口から言われるとちょっとヘコむ俺。

「たぶん、すごく優しいんだと思う。水嶋くんって」

「え？　優しい？　俺が？」

そういえば少し前に、七瀬さんにも優しいとか言われたような気がする。だけどなんだかそのときとは、感じ方が違うのはどうしてだろう。

「うん」

壷井さんがにっこりと笑って、深く頷いた。これは、褒められてると思っていいのだろうか。

「べつに、嫌いなやつにまで優しくしたりしてないよ、俺」

「そう？　だけど、わたしなんかにも親切にしてくれるから、やっぱり優しいんだと思う、水嶋くんは」

壷井さんは自分の言葉に納得するみたいに頷きながらそう言った。夕暮れ時が近づく放課後の帰り道。タートルの看板が見えてくる。

「その、わたしなんか、ってやつ、やめたほうがいいと思うよ？」

壷井さんが、ちょっと固まる。眼鏡の奥の綺麗な二重瞼《まぶた》が見開いたまま。

「壷井さん、もっと自分に自信持ったほうがいいと思う。俺が言うようなことじゃないけどな」

やっぱり俺は、余計なことばっかり言ってしまう。特に、壷井さんに対しては。

壷井さんは何も答えない。そりゃあそうだよな、俺なんかに自信持てとか言われても困るよな。

「ごめん。なんか変なこと言ってんな、俺」

壷井さんが首を横に振る。まるで定規で切り揃《そろ》えたみたいなまっすぐな髪がまた揺れる。

「ううん、違うの。嫌だったとかじゃなくて……」

「大丈夫、無理しないでいいから。悪いのは俺だから」

壷井さんがまたなにか言おうとしたのを遮るように、「ほら」と俺は言った。

「あそこが、俺が壷井さんを連れて行きたかった場所」

壷井さんが俺の指さすほうを見る。目立たない、タートルの看板と、店の前で木箱に無造作に入れてバラバラに売られている、水槽のレイアウト用の流木や様々な種類の石。

不思議そうな顔で俺を見上げる壷井さん。

「ようこそ、君の好きな映画の世界へ」

大袈裟に、両手を広げて笑って見せる俺。ちょっと調子に乗りすぎか。

だけど不思議なことに、壷井さんがここへ来てくれたことが、俺は嬉しくて仕方ない。七瀬さんのときはあんなにも不機嫌になってしまった自分が嘘みたいだ。

「どうぞ、こちらへ」

手を差し伸べて、店の中へ促した。壷井さんは不思議そうに店に足を踏み入れる。

カウンターには亀田さん。にこにこ笑顔で「いらっしゃい。お待ちしておりました」と俺の雰囲気に合わせておどけて見せる。

店に入るとそこは外の景色とはまるで別世界だ。壁一面に広がる、水の中の世界。水中の楽園。色鮮やかなグッピーの大群に、ネオンテトラ、バルーンモーリー、ミッキーマウスプラティ、レッドチェリーシュリンプ。アカヒレにメダカ、水槽の中で揺らめく水草たち。壷井さんの眼鏡に鮮やかな緑が映っている。

壷井さんは、ただ黙って目を輝かせていた。一歩一歩、水槽の間をゆっくりと進む彼女はまるで水の妖精みたいで、水音だけが響くこの空間に、とてもよく似合っていた。

「ここまでが淡水魚。奥が海水魚のマリンアクアリウムのコーナーになってる。壷井さんが好きな映画に出てくる魚は、みんな奥の水槽にいるよ」

俺が奥を指さすと、壷井さんはにこっと笑って小さく頷いた。

七瀬さんのときはうんちくを語ったり、女子高生だとはしゃいだりおちゃらけたりとうるさくしていた亀田さんも、今日はなぜだかおとなしい。

亀田さんは、俺とふたりのときも大抵こんな風に静かに水の音を聞いている。だから今日の亀田さんは、いつもと同じ。普段どおりってことはそれだけ壷井さんが、この店の雰囲気に馴染んでいるってことなんだろう。

ゆっくりと店内を奥に進んでいくとたどり着く、ブルーのＬＥＤライトで照らした海水魚の九十センチ水槽を並べたマリンアクアリウム。

「あっ、いた！」

俺が説明する前に、水槽のすぐそばまでたたっと駆け寄った壷井さん。さっそく目当ての主役、カクレクマノミを発見したらしく、いつもの壷井さんからは想像しづらい、まぁ悪く言えばあまり似合わない、かなり興奮気味の明るい声。

「ああ、可愛い！　本物だー！　嘘みたい！　小さーい！」

鮮やかなオレンジに白の縦縞、イソギンチャクやサンゴの間を出たり入ったりするカクレクマノミは、確かにとても可愛いけれど、俺からすると、それに興奮している壷井さんの姿のほうがよほど可愛らしかった。

海水魚の水槽に、へばりつくようにして黄色い声を上げる壷井さん。

「わぁ、ナンヨウハギ！　ツノダシ！　うわあ、タツノオトシゴまで！　ああ、これはなんだっけ……このすごい色のグラデーション……！」

「ああ、ロイヤルグラマね。ってか、壷井さんいつもとキャラ違いすぎ。それに、めっちゃ詳しくね？　普通になんでそんな名前知ってんの？」

次々に魚の名前を言い当てる壷井さんにかなり驚く俺。確かにその映画に登場した魚ばかりだけれど、キャラの名前じゃなく魚の種類言えるってすごくね？

「あ……えっと……」

我に返ったみたいに少し恥ずかしそうにする壷井さん。さっきの壷井さんは思いっきり学校でのキャラ崩壊って感じだったから、恥ずかしいのも無理はないけど。

「調べたの。あの映画好きすぎて。わたし、そういうの調べずにいられなくて」

なんか嬉しくなってしまう俺。

「わかる。俺もそうだし」

壷井さんがまた、恥ずかしそうに笑った。

「でも本物を見たのは初めて。だからすっごく嬉しい」

壷井さんが嬉しいと、俺も嬉しい。

「よかった。喜んでくれて」

「ありがとう。本当に素敵。ずっとここにいたいと思うくらい」

「そう言ってもらえると、手入れのし甲斐があるよ。あ、言ってなかったけど、ここ、俺のバイト先ね。そこにいるのは店長の亀田さん」

壷井さんがまた目を見開いた。

「水嶋くん、働いてるの？　ここで」

「うん、そう。いわゆるアクアリウムマニアってやつ。あ、でも俺の場合、働いてから好きになったパターン。ここでバイトするまで金魚すら飼ったことなかったから俺」

「……そうなんだ……。だから……」

「え、だから、何？」

「あ、ううん、なんでもないの。独り言」

マリンアクアリウムの青い光に照らされて、壷井さんの顔はエキゾチックに輝いている。壷井さんには青が似合うんだと思った。

「あのさ、壷井さん」

水槽を見詰める壷井さんの横顔に向かって、俺は言った。

「俺、壷井さんのこと、もっと知りたい」

「え?」

俺を見て、目を見開く壷井さん。なんのことだかわからない、って顔をしてる。

「なんでもいいから、壷井さんのこと、もっと教えてほしい」

「……水嶋くん?」

「なんつーか、うまく言えないんだけど……、俺が知りたいと思う人は、壷井さんだけだから」

青い光に照らされていても、壷井さんの顔が、たぶん真っ赤に染まってるんだろうとわかった。

壷井さんはしばらく固まって動かなくて、そして耐え切れなくなったように俺から目をそらす。

「ごめん、いきなり変なこと言って。あと、無理やり連れてきてごめん。帰るなら、駅まで送ってくよ」

　壷井さんが、はっとしたように顔を上げる。

「来てくれて、ありがとう」

　壷井さんの眼球が濡れているように見える。水の妖精は、困らせたり傷つけたりするとどこかへ行ってしまうんじゃないかと思った。俺が伝えたかったことは、どこまで壷井さんに伝わったんだろう。

「なんだもう帰るのかー？」

　カウンターから俺たちのいる海水魚のコーナーに向かって亀田さんが声を掛けてくる。途端に我にかえってちょっと恥ずかしくなる俺。全部丸聞こえだったってことか。

「もう少しゆっくりしていけよ。せっかく来たんだから。あ、俺が邪魔なら言ってくれよ、ちょっと出たい用事もあるから」

「ちょっ、亀田さん！　何言ってんすか、俺はべつに……」

「何だ。べつに店でいやらしいことしていいなんて言ってないぞ。俺はただふたりにしてやるって言ってるだけで……」

「亀田さん！　やめてくださいって！」

　何を言い出すのかと思えば。だけど亀田さんは、いつにも増して嬉しそうだ。

「店番ついでにふたりで話でもしてたらどうだって言ってるだけだろ。どうせ客は夜らえ。俺はリースのメンテナンスに行ってくるから」

まで来ないんだ。彼女も、どうやら魚に詳しいみたいだし、ゆっくり見学してっても

「……亀田さん……」

「まあ、彼女が嫌でなければ、だけどな？」

亀田さんはにやりと悪戯っぽく笑って壷井さんを見る。

俺たちのやり取りをぽかんとした顔で見ていた壷井さん。「ありがとうございます」

と、少し戸惑った顔をしたあとで彼女は言った。

「お言葉に甘えさせていただきます。わたし、もう少しこのまま水槽を眺めていたい

なって思っていたんです。だから、そう言っていただけて嬉しいです」

にこっと微笑む壷井さん。えっまじで？　と呟く俺。嬉しそうにはっはっと笑う亀

田さん。

今日ばかりは、普段はただの天然おやじである亀田さんに感謝すべきなんだろう。

完璧なアクアリウムだけが並ぶ、俺の理想のアクアリウムの世界に大切な女の子を招

待することができたのも、そこではからずもふたりきりになることができたのも、亀

田さんのおかげなのだから。

「すごく、素敵な人だよね」

壷井さんがアカヒレの水槽を眺めながらいった。壷井さんはやっぱり、水が澄んだ

田舎の川底みたいなアカヒレの水槽がよく似合う。

「えっ」と思わず声を出してしまう俺。

「素敵って、あのおっさんが？　ただのアクアリウムおやじだよ」

そんな風に答えてしまう俺は、ただの照れ隠し。本当は、亀田さんが褒められると俺も嬉しい。俺も、亀田さんは素敵な人だって思ってる。

ふふっ、と壷井さんは柔らかく笑う。

「嘘、水嶋くん、すごく好きでしょ？　亀田さんのこと」

「まあ、ね」

「だと思った。親子みたいだもん、亀田さんと水嶋くん」

にこっと微笑む壷井さんの言葉にどきっとしてしまう俺。親子、か。

「俺、親父いないから。だから俺は亀田さんのこと、勝手に親父みたいなもんだと思ってる。向こうはどう思ってんだか知らないけど」

「そうなんだ」

壷井さんは、俺のことを可哀想な目で見るわけでもなく、変なこと言っちゃったな、と後悔してるようでもなく、あっさりとした感じでそう言った。

俺はそれを見て、心の底からほっとした。父親がいないこと、それは俺にとっての当たり前で、そこに触れられたからって痛くもかゆくもなんともない。それよりも、そこに触れてしまった相手の反応を見ることが、いつも、何より苦痛だった。

「わたしもね、いないの、父親」

壺井さんは、爽やかな笑顔で言った。そして、こう続けた。

「あ、でもだからって、水嶋くんの気持ちがわかるとか、だから仲間だね、とかって意味じゃないよ」

俺はうん、と頷いた。

自分にも父親がいないということ。それをあっさり告白して、だけどあっさり切り捨てた壺井さんはなんだかすごく潔くて、勇ましかった。じめじめした感情や、変な被害者意識や、父親がいないことに対する劣等感、父親がいないもの同士の変な絆《きずな》なんか持ち出されたらどうしよう。と、一瞬構えた俺の予想を完璧に裏切ってくれた壺井さんは、その決して強くはなさそうな見た目とは裏腹に、とても強い人だった。やっぱり壺井さんは、アカヒレに似ている。

「俺、壺井さんが好きだ」

いきなりだった。

だから壺井さんが「え?」と呟くのとほぼ同時に、自分の今言った台詞に驚いて俺も「あ……」と呟いていた。

今俺、壺井さんが好きだって、そう言ったよな。俺はもう自然に、何も考えずにそう口走っていた。俺の中で、壷井さんという存在がどんどん膨らんで、耐え切れなくなってついに弾《はじ》けた瞬間だったんだと思う。

「……ごめん。いきなり前置きもなしに何言ってんだろうな、俺」

耳まで真っ赤にしてふるふると首を横に振る壷井さん。

「あの、でも、俺、本気だから」

薄い花弁みたいな唇を一文字に結んで、可哀想になるくらい眉を八の字にして、もうほとんど茹《ゆ》で上がったような顔で、壷井さんは頷いた。

「頷いてくれたってことは、拒否じゃないって思っていいってこと……でいい？」

壷井さんはもう一度頷いた。その顔が、本当に苦しそうに見えた。まるで、酸素不足で今にも死にそうな魚みたいに。

「ちょっ、壷井さん、大丈夫……？」

俺が近寄ろうとすると「ひやっ！」と驚いてあとずさりする壷井さん。それに驚く俺。

「あ、の、ごめんなさい……。なんか、その、頭がついていかなくて……」

途切れ途切れに彼女が発した言葉。顔は漫画の効果音の〝アワアワ〟を地でいってるって感じだ。

「あの、えっと、水嶋くん……わたしのこと……好き、なの……？」

こんだけ言わせてまだ聞くか！　もしかして、この子ガチの天然なんじゃないだろうか？　とちょっと焦る俺。告白って、こんな複雑な作業なのか。シンプルに「好きだ」「私も」か、「好きだ」「ごめんなさい」で終了ーって単純に思っていた俺がかなり浅はかなんだろうか。

「だから、好きだってさっき言ったじゃん」

「あ、ゴメンナサイ……！」

「え、ごめんなさい……？」

「あ、えと、ゴメンナサイってそういう意味じゃ……」

見るからにテンパりまくっている壷井さん。俺が怒ってるように見えたのか、なんなのかよくわからない。

「壷井さん、ちょっと、落ち着いて」

「あ……ゴメンナサイ……」

「ほらまた謝る。謝まんなくていいから」

「ごめんなさい……」

ああもうヤダわたし。と袖で口元を押さえて本気で恥ずかしそうにしている壷井さんの姿に、俺は我慢できずにぶっと噴き出してしまった。

「まあ、そういうとこも好きです」

完全に壷井さんのすべてがツボにはまってしまった俺は、もう降参って意味もこめてそう言った。告白って、こういうもんなのかはわからないけど、きっとこんなに誰かに想いを伝えたくなることってもう一生ないんだろうなと思った。

きみを水槽に閉じこめたい

10月28日
今日、ずっと好きだった彼から告白された。(!!)

嬉しくて、幸せで、夢みたいで、びっくりしすぎてまた挙動不審になってしまった(反省……)。

わたしも、もっと彼のことを知りたい。

もっと彼と話がしたい。

彼ともっと一緒にいたい。

彼とたくさんの思い出を作っておきたいと思う。


その日から、俺と壷井さんとのお付き合いはスタートした。

舞い上がっていた俺は、その日のナナの日記の最後の一文について深く考えることもせず、壷井さんと次はどこへ行って何をしようとか、壷井さんと何を話そうとか、そんなことばかり考えていた。

いきなり親しくなった俺と壷井さんの関係は、中岡に話した次の日にはもうすでに、クラスどころか学年じゅうに知れ渡っていた。

もちろん拡散しろなんて言った覚えはないけれど、中岡に話すってことはイコールそういうことなので、文句を言っても仕方ない。俺は中岡以外にそういうことを自分から話したりはしないし、もちろん壷井さんも、俺と付き合い始めたことを自分から周りに言いふらすようなタイプじゃないから、まあこれくらいで実はちょうどいいのかもしれない。

　堂々と一緒に帰ったり、帰りにファストフード店に寄ったり、たまに俺のバイト先まで一緒に行ったり、相手が壷井さんでなければ付き合っていなくてもできるような、まるで中学生みたいなごくごく健全なお付き合いではあったけれど、俺はそれでも満足だった。

　俺は毎日、彼女の発する言葉や彼女と交わすなんでもない会話を楽しみにしていた。壷井さんと話すたび、俺は彼女をもっともっと好きになった。彼女が隣にいてくれることが当たり前になり、彼女のことを菜々子と呼ぶようになった。彼女は俺を、「慶太くん」と呼ぶようになった。

　シャツにベストだけではちょっと肌寒かっただけの過ごしやすい季節はすぐに終わり、気が付けば、オヤジのパッチみたいな黒の防寒インナーを上下に着こんでシャツの上から冬物の指定の長袖セーター、さらにブレザーを重ね着しても我慢できないくらい、寒い季節がやってきた。

　菜々子は制服のスカートに黒のタイツを履いている。指定のセーターの裾がブレザーの下からちょこっとだけ覗いていて、チェックのマフラーをぐるぐるに巻いた菜々子は、首を亀みたいにひっこめて歩く。マフラーからちょっとだけ出た鼻からの息で、メガネが白く曇ってしまう。

「もうすぐクリスマスだなー」

俺は隣を歩く菜々子に向かって言った。菜々子は首をひっこめたまま、うんと頷く。

菜々子が息を吐き出すたびに、メガネは曇る。それもまた、なんだか彼女らしくて可愛らしい。

「冬だけはさ、コンタクトに戻してもいいんじゃない？　曇った眼鏡だと足元が危ないじゃん。転んだら、大変だしさ」

「そうかな。転ぶかな」

菜々子が曇った眼鏡のまま、足元を気にする。

「菜々子の眼鏡じゃない顔も、久しぶりに見たいし」

菜々子はびっくりしたように顔を上げる。マフラーから覗く、赤くかさかさになった唇。

「慶太くん、そういうのずるい」

「えっ、何が？」

「慶太くんが、見たいって言ったら、コンタクトに戻そうと思っちゃうじゃない」

「だめなの？　戻したくないってこと？」

「そうじゃなくて」

と、菜々子は言って、少し黙る。こんな風に、会話の途中で黙ってちょっと考えこんでいるときの、菜々子を観察するのは面白い。その次に、どんな言葉が飛び出すのだろうと、予想するのも面白い。

「そうじゃなくて、何？」

「なんでも慶太くんに影響されることが、ちょっと嫌。自分がないみたいで」

菜々子はちょっと、悔しそうに俯いた。たぶん寒さのせいじゃなく、ちょっと赤くなった頬がなんともいえない可愛さだ。

「自分がないってことは、ないんじゃない？　菜々子はむしろ、すごく自分を持ってるじゃん。俺なんかよりずっと、菜々子のほうが自分を持ってるよ」

「そんなこと、ないよ」

「それが、あるんだって。なあ、それよりクリスマス、どっか行こうよ、せっかくだから。ちょっと普段はできないようなことしたいじゃん」

「え？　クリスマス？　わたしと？」

菜々子が目を丸くする。また、メガネが曇る。菜々子はそれを、慌ててハンカチで拭き取った。たまにしか見られない、菜々子の眼鏡の向こう。綺麗なまつげ。鼻のところにちょっとだけメガネの跡がついている。

「他に誰がいるんだよ」

「クリスマス、一緒に過ごすの？　慶太くんと」

「まあもちろん、菜々子が嫌でなければ」

「そんなの、嫌なわけないよ」

「じゃあさ、計画してもいい？　俺がリサーチしとくから。クリスマスしかできないようなデートコース。どう？」

眼鏡をかけ直した菜々子は、うんと嬉しそうに頷いた。

12月3日
彼が、クリスマスを一緒に過ごそうと言ってくれた。すごく嬉しい。

眼鏡が曇るから、コンタクトに戻したらいいのに、とも言われた。

彼が似合うと言ってくれたから、それ以来ずっと眼鏡にしてたのに、今度は眼鏡を外した顔も久しぶりに見たい、だって！

なんて勝手なんだろう！

って、少し腹が立ったけど、きっとわたしは、明日はコンタクトレンズで学校に行くんだろうと思う。

わたしって単純だ、本当に。まったく。

今日のナナのブログの日記を読みながら、飲んでいたコーヒー牛乳をちょっと噴き出しそうになってしまった。菜々子はそんな風に思っていたのか。ちょっと怒ってるし。でもこれって、日記を読んでないとわからないよな。

そう思うと、俺はこのブログのおかげでずいぶん得をしているんだなと思った。もう当たり前みたいになった、ナナの日記を読むという日課。だけど、菜々子はこれをまさか俺が読んでいるなんて、夢にも思っていないだろう。

俺の、ミキのブログはずっと放置したままで、もうずっと長い間、開いてすらいない。それはやっぱり、俺自身、どこかで罪悪感があるからだ。

公開されているナナのブログを読むこと自体は罪ではないはずだけれど、俺がミキのふりをしてナナと直接やり取りをするのは、それは菜々子に対して嘘をついていることになる。菜々子を騙すようなことはしたくない。だけど、ブログを読むことだけは、どうしてもやめられない。

それはやっぱり、俺が菜々子を好きだからなんだろう。

ナナのブログをしばらくぼーっと眺めたあと、クリスマスデートの場所をあれこれネットでリサーチしていると、ベッドに放り出していたスマホが、メッセージが届いたことを知らせていた。

　メッセージってことは、菜々子ではないってことだ。いまだに菜々子は、アプリを取らずにメールと電話だけを使っている。もちろん俺との連絡も、メールと電話。付き合い始めてすぐは、菜々子がメールしか使わないことを不便に思ったりもしたけれど、今となってはメールが届いたらほぼ百パーセントの確率でそれは菜々子からってことだから、かえってわかりやすいし、これはこのままでいいやなんて思っている。

　メッセージは森田からだった。

【もうすぐクリスマスやな！　ってことで、美貴ちゃんに俺からのとっておきのクリスマスプレゼントを用意しようと計画中！　クリスマスのサプライズ、もちろん協力してくれるやろ？】

　こんなに寒い季節になっても相変わらず暑苦しいことばかり言っている森田は、もちろんいまだに実らない片思いを継続中だ。十二月に入ったからといって、いきなりクリスマスを意識してしまう思考回路が脳内筋肉マンの森田と同じってところは、俺的にはちょっと気恥ずかしい。まぁ、誰だって同じだろうけれど。

【俺も、彼女とクリスマスのデート計画してるんで、当日はちょっと協力できないっす。すいません】

　すぐに既読になって、速攻で返事が返ってくる。

【なんやねんそれ！　ちょっとは人の幸せのためにも協力せんかい！】

やっぱりめんどくさいやつ。だけどまあ、ちょっとくらいなら協力してやってもいいか。実際に俺は幸せなわけだし。

【わかりました。で、協力って何をすればいいんすか？　姉貴は好きでもない男から物をもらっても気持ち悪いだけっていうようなやつなんで、プレゼントしても感動するとは限らないっすよ】

ここは正直に言ってやったほうが森田のためだろう。もしも高価なプレゼントを買ってしまってから無駄にしたのでは森田が気の毒だ。すぐにまた、森田からの返事が来る。

【ええよ、それでも！　モノより思い出っていうやろ？　もしいらんって言われて目の前でプレゼント捨てられてたとしても、俺はええねん！　バイトで稼いだ俺の汗の結晶は永遠に不滅や！　しっかり稼いで、美貴ちゃんにとっておきのサプライズプレゼントするでー！】

こういう思いきり開き直れる強さと図太さが、俺には真似できない森田のすごいところだと思う。

野球しかしていなかった森田も、いちおう部活は引退したからバイトもできるってことなんだろう。だけどもともとバイトをしていたわけでもない森田がすぐにプレゼント代を稼げるような仕事なんてあるんだろうか。他人事《ひとごと》とはいえちょっと心配になってしまう俺。

【先輩、バイトなんかしてなかったっすよね？　クリスマス今月ですけど大丈夫なんすか？】

まったく。なんで俺が森田の心配なんてしなきゃいけないんだろう。そういえば、俺も菜々子にプレゼントを用意したいとは考えているけれど、タートルのバイトで稼いだ金額だけではちょっと心許《こころもと》ない。せっかくだから、菜々子がびっくりするようなクリスマスにしてやりたい。何かいい考えはないだろうか。

【お、なんや心配してくれてるんかいな。優しいとこあるやん。バイトのことなら大丈夫やで。先輩からの紹介で、ええバイトがあんねん♪】

なんだ、そういうことなら心配する必要なんてなさそうだ。とちょっとほっとする俺。同時に、森田の言う、〝ええバイト〟っていうのが少し気になった。

【ちなみに、どんなバイトすか】

【簡単に言うと、力仕事やな。結構きついけど、日給九千円。興味あるなら紹介しよか？　弟やから特別やで】

日給九千円！　クリスマスはもうすぐだ。それにタートルのバイトがあるから日雇いで働けるのはありがたい。

力仕事ってのがちょっと不安ではあるけれど、菜々子の喜ぶ顔を見るためだ。力仕事だってなんだって、菜々子とのハッピーなクリスマスのためなら頑張れるんじゃないだろうか。

【お願いします】

森田から、親指をぐっと立てたスタンプが送られてくる。弟やから特別やでなんて言いながら、しゃあないなあなんて言いながら、ちょっと嬉しそうにしている森田の顔が目に浮かんで、俺はそのことがなんだか少しだけ嬉しかった。

【しゃあないなあ！】

日曜日。森田に指定されていた、動きやすいスニーカーにジャージの上下という服装で、俺は言われたとおりの待ち合わせ場所にやってきた。

古いビルの四階にある事務所、扉には、ピアノの鍵盤をモチーフにした、音楽教室みたいな小さな看板がかかっている。受付にいる年配女性に声を掛け、中の部屋へ案内されるとそこには、大きな黒い革張りのソファーにジャージ姿の森田、その向かいには、かなりいい体格の男が座っていた。

「おう、来たか。こちらは俺の先輩の真鍋《まなべ》さん。うちの高校の野球部のOBで、めちゃくちゃ強かったときのキャプテンや。もう大先輩やけどな」

体格のいい男を指して、森田は言った。森田は最近、ずっと坊主だった髪を伸ばし始めていて、使い慣れないワックスをつけ出したからか髪がベタッとしているように見える。一度に使う量を間違えているか、ワックスの種類のセレクトをミスっているか、その両方か。どちらにしても、森田にはあまり似合っていないことは確かだ。紹介された男が、軽く会釈する。

「慶太くん、だね。森田から話は聞いてるよ」

「あ、はい、あの、水嶋慶太です。はじめまして」

「慶太くん、緊張しなくていいから。仕事内容は聞いてる？」

「あぁえと、力仕事だと聞いてます」

俺が答えると、真鍋さんと呼ばれた人はガハハと豪快に笑った。

「確かに、力仕事は力仕事かな。なにしろ二百キロ以上あるものを運ぶ仕事だからね。表の看板は見た？」

事務所に入ってくるときに、ちらっと見た。音楽教室みたいに見えた、ピアノの鍵盤のモチーフだ。二百キロ以上あるものを運ぶ仕事？　二百キロって重さのことだろうか。人力で運ぶには、ちょっと考えられない数字だ。

「見ました、あの、ピアノの鍵盤の」

そう答えながら、気が付いた。二百キロ以上あるものを運ぶ仕事。

「そう、ピアノだ。ただの力仕事じゃない。すごく繊細な、細やかな気遣いのいる仕事だよ。うまくやってやらないと、ピアノは繊細だから音が狂ったり取り返しのつかないことになる。」

　真鍋さんはそう言って、俺に右手を差し出した。その手は森田のそれととてもよく似ていて、俺はこの人は信用できる人だと思った。

　初めての仕事は、団地の二階から、アップライトと呼ばれる箱型のピアノを降ろす作業の手伝いだった。ピアノに傷をつけないよう、真鍋さんたちがフトンと呼ぶ分厚いキルティングの布みたいなものをピアノに下から巻き付けていく。小学生くらいの女の子がちょこちょこと出てきて、心配そうにピアノを見ている。その子に向かって真鍋さんは、「大丈夫だよ。優しくするからね」と声を掛けた。

　太い布製の帯をピアノの下からブランコのようにして左右両側に通し、大きなカバンを持つようにして、真鍋さんともうひとりのデカい社員の人が息を合わせて通した紐《ひも》を肩にかける。せーのでピアノを浮かせると、ふたりの肩に、ぐっと帯が食いこんで、ふたりの顔から首にかけてが赤くなる。俺や森田は、それを支える役割だ。平らな場所では真鍋さんともうひとりの人だけでわりとスムーズに移動させることができたけれど、問題は、エレベーターのない団地の階段だった。箱型のアップライトとはいってもかなりの大きさと幅があり、階段の踊り場を曲がるのもやっと。下りの階段の下側を支える人の下に立ち、ピアノの重さを支えて分散させるのが、俺たちの精一杯だった。

「ぬおおおおっ」

森田は変な掛け声を出しながら、ピアノを支える真鍋さんの背中を支えている。

「ぬうううううっ」

俺も負けじと、下から全力でピアノと真鍋さんの体を支える。絶対に、落としたりどこかにぶつけたりしてはいけない。持ち主にとって、ピアノは家族と同じ。大きな卵だと思って運ぶようにと真鍋さんから最初に教わっていた。どうにか一階までの階段を下り終えたときにはもう、十二月だというのに俺も森田も汗びっしょりだった。

ピアノはそのまま、ゲート車という特殊なトラックの荷台に乗せ、固定されて運ばれる。俺たちは、もう一台の軽自動車に乗って真鍋さんに運ばれる。

「今日はあとは一戸建てばっかりで、グランドピアノがないからまだましらしいで」

と車で移動しているときに森田が言った。グランドピアノともなると、重さは三百キロから五百キロにもなり、マンションなどになるとクレーンも登場するのだという。こんな気遣いのいる力仕事が一日に、多くて八件くらいあるのだというから驚いた。そりゃあ真鍋さんの体が筋肉ムキムキなわけだと納得する。

何台ものピアノを運んでいくうちに、フトンを巻き付けたり支えたりする要領がつかめてきた。腕力はあまりない俺でも、やり方によっては十分役に立てるというわけだ。

その日最後の仕事だという一戸建ての家の一階にあるピアノの移動が無事に終わると、真鍋さんらとともに事務所に戻ってきた。事務所で日給の九千円を手渡される。

「今日はありがとう。また手伝いに来てくれるかな」

真鍋さんが言った。俺は即答で、はいと答えた。その次の週の日曜も、俺は森田と一緒に重いピアノを運んでいた。汗を流して手に入れた二回分の日給と、タートルのバイト代の貯金分を合わせれば、約三万円とちょっとになる。なんとか菜々子との特別なクリスマスが実現できそうだ。

ネットでリサーチした人気のレストランにだめもとで電話をしてみると、キャンセルが出たばかりだったとかで運よくクリスマスの予約を取ることができた。あとはプレゼントだけれど、これがまた難しい問題だった。

菜々子は、なんというか物欲がない。よくも悪くも、服や小物に対して自分の好みというものがあまりない。アクセサリーを好んでつけているイメージもないし、ほしいものの検討がつかない。本人に聞いてみたところできっと何も出てこないだろう。

悩んだ挙句《あげく》、俺は菜々子が確実に好きなものをひとつだけ思い出した。犬のハチだ。ハチのために、特注で革の首輪を名前入りで作った。それとお揃いで、菜々子には同じ色の革のキーホルダーを作った。ローマ字で菜々子の名前を刻印してもらい、キーホルダーを留めるボタンのようなものは自分で選んだ。菜々子に似合う花の模様の丸いボタン。予算が少し余ったから、俺のぶんもついでにお揃いで作ってもらった。ちゃんとした、本物のレザーだからしっかりしていてかっこいい。

クリスマス当日、俺は自分が指定した待ち合わせ場所に、いつもよりちょっとめかしこんで菜々子よりも早く着いていた。大人っぽい感じを出すために、ジャケットにネクタイも締めてきた。いつもは待ち合わせには菜々子が大抵先に来て待っていてくれるのだけど、今日は特別だ。近くの花屋で小さい花束を作ってもらい、小さい紙袋に忍ばせている。菜々子の姿が見えたら花束を取り出して、まずは会ったそのときに花束を手渡す予定。プレゼントが二段階になっているなんて、きっと嬉しいし菜々子も喜ぶはずだ。

菜々子の姿が遠くに見える。コンタクトをしていても、矯正視力の菜々子より裸眼の俺のほうがずっと視力がいい。菜々子はまだ、俺に気付いていないはずだ。

菜々子の今日の服装は、キャラメル色のブーツに白いコート。タートルネックの赤い色が覗いている。クリスマスらしくて、とても可愛い。菜々子には、クリーム色に近い白のコートがとてもよく似合っている。

菜々子がようやく俺に気付いたらしく、小さく手を振っている。紙袋から花束を取り出して、背中の後ろに隠しておく。

森田は今日、姉貴になにかしらのサプライズを仕掛けているはずだ。受験を目前に控え、クリスマスどころじゃないと家で勉強している姉貴の姿を出掛ける前に確認してから、約束どおり、森田に姉貴の所在を連絡しておいた。

ピアノ運びのバイトの帰り、俺も一緒に付き合わされたショッピングセンターで、森田はサンタクロースの衣装を嬉しそうに買っていたから、まあたぶん、そういうことなんだろう。あとで姉貴にキレられるのは俺かもしれないが、森田には今回はバイトを紹介してもらった恩もあるのでそれぐらいは我慢してやろうと思う。

「メリークリスマス！　菜々子！」

背中から花束をさっと差し出すと、菜々子は両手ではっと口元を押さえて固まってしまう。その目からは今にも涙がこぼれそうだ。おいおい。

「ちょっ！　まだ泣くのは早いって！　今からまだ飯もあるんだからさ、まだ泣くなって！」

慌てて近づいてなだめると、指先でこぼれた涙を拭って菜々子は笑った。

「ごめん。びっくりしちゃって、嬉しくて」

「まだ会って一分じゃん。とりあえず、飯行こう。ツリーも見たいしさ」

菜々子の手を引いて、クリスマスイブの街を歩き出す。いつもと違う、ライトアップされた街並みはすごく綺麗で、隣を歩く菜々子はもっと綺麗だ。

「ずっとこうやって、一緒にクリスマス過ごせたらいいよな」

少しだけ間があって、菜々子が「うん、そうだね」と答える。

「来年は、一緒にクリスマス過ごして、大学の合格祈願しに行くんだろうな」

また、少しだけ間があって、菜々子は「そうだね」と答える。

「あ、でもあれか。菜々子は英語が得意だもんな。外大の推薦枠狙ってるんなら、たぶん菜々子に決まりだよな」

菜々子は、それには答えなかった。

「うわあ！　すごい……」

菜々子がすっと立ち止まり、俺も立ち止まる。目の前の駅の広場には、見上げてもてっぺんが見えないくらいの巨大なクリスマスツリー。

「昔さ、俺、クリスマスツリーって嫌いだったんだ」

「えっ、どうして？」

不思議そうに菜々子が聞く。

「ツリーを出して、飾り付けてる間はさ、クリスマスが楽しみで、すごく幸せな気分になるじゃん。だけど、いざ飾り付けが終わっちゃうとさ、今度はクリスマスが終わって、片付けること考えるだろ。カウントダウンみたいなのって、なんかすげえ寂しくて、嫌いなの、俺。変だよな」

そう言って、俺が笑うと菜々子はちょっと泣きそうな顔で俺のことを見詰めていた。なんだかあんまりにも可愛いくて、抱き締めたくなるのを誤魔化すみたいに俺が菜々子の頭をぽんぽんとたたくと、菜々子はぼろんと大粒の涙を流してしまった。

「え、なんで？　俺、なんか変なこと言った？」

慌てる俺に、菜々子は、違うの、と言いながら首を横に振る。涙をまた拭って、菜々子は俺の隣にそっと寄り添った。予約したレストランに到着する頃には、菜々子はもうすっかりいつもどおりの菜々子に戻っていた。

「すっごい。よくこんなお店予約できたね。慶太くん」

目を丸くしながらも、落ち着いた表情で店内を見回す菜々子は、このレストランの空気によく馴染んでいるように見えた。

対する俺はレストランの大人っぽさに圧倒されて、周りの客が本物の大人のカップルばかりであることに緊張しすぎて、頼んでいたコースの料理をあまりゆっくり味わうことができなかった。菜々子はひと口食べるごとに、「うわあ、すごく美味しい」と感動したように言っていたけれど。

店を出ると、俺はうーーんと大きく伸びをした。近くの広場のベンチに並んで腰掛ける。

「緊張しすぎて、体がおかしいんだけど。味もよくわかんなかった」

「えっそうなの？　もったいないよ！　すっごくすっごく美味しかったよ！　特に最後のデザートのケーキなんてもう絶品だったよ」

ちょっと興奮気味に菜々子が言ったので、俺は笑ってしまう。

「菜々子が喜んでくれたんなら、よかった」

「すごく素敵だったよ。こんな素敵なクリスマスにしてくれて、ありがとう、慶太くん」

「あ、まだ終わってないよ。はいこれ」

用意していたプレゼント、ハチの首輪と皮のキーホルダーをラッピングしてもらったものを菜々子に手渡した。

「恥ずかしいから、家に帰ってから開けて」

俺が言うと、今度は菜々子がバッグから何かを取り出した。

「じゃあ、わたしのも、帰ってから開けてね。恥ずかしいから」

「え、何」

「なーいしょ」

「なんだよそれ」

ふふふ、と菜々子が笑った。

「うーさっむ。とりあえず、あったかい駅行こうぜ」

ベンチの冷たさに耐えかねて立ち上がった俺に菜々子は、

「クリスマスは寒くなきゃ、クリスマスじゃないよ」

と言って笑った。

今頃、姉貴は森田のサプライズに激怒しているだろうか。

俺は、このままずっとずっと、彼女と毎年、クリスマスを過ごしたいと思った。

ずっとずっと。

12月24日
彼との初めてのクリスマス。
花束を用意してくれて、クリスマスツリーを一緒に見た。
彼は、カウントダウンが寂しくて嫌いだと言っていた。わたしと同じ。
素敵なレストランで一緒にディナーを食べて、プレゼントを交換。
本当に幸せな時間だった。
とても、とても。
クリスマスは、やっぱり寒くなくちゃ。

今日が、わたしの人生で最高のクリスマスだ。

冬休み後半、年越しは家族ですると菜々子が言ったので、俺は菜々子と大晦日《おおみそか》を過ごすことは諦めて、初詣でに誘うことにした。

お互いの家からちょうど真ん中の距離にある大きな神社に行くと決め、駅前で待ち合わせることにした。予想してはいたものの、なかなかの人の多さにちょっとだけうんざりする。菜々子と初詣でには来たかったけど、人混みは好きじゃない。やっぱり明日にすればよかったかな、と後悔しかけたそのとき、駅の改札口から出てきた菜々子の姿に思わず目を見開いた。

「……着物、着てきたんだ」

明けましておめでとう、と言うのも忘れて俺が呟くと、菜々子は恥ずかしそうに言った。

「わたしはいいって言ったんだけど、お母さんが、着ていきなさい、せっかくだからって……大袈裟だよね、ごめん」

俺は慌てて否定する。

「そんなことないって！　まじで綺麗。すごい綺麗」

ついつい声が大きくなってしまって、周りの人の注目を集めてしまう。菜々子は恥ずかしそうに俯いてしまった。でも、綺麗なのは本当に本当だ。

一瞬、見惚《みと》れてしまった。というよりも、菜々子のすっきりとした顔立ちと黒い髪、細い体に鮮やかな赤の着物があまりに似合いすぎていて、もう本当に、綺麗としか言いようがなかった。

その後、着物の菜々子が転ばないように手を引いて、ゆっくりと神社に向かった。周りの人たちも、みんな同じ方向を向いて歩いていて、神社までの道のりは神社の場所を知らなくてもただ流されていればたどり着けるような、そんな感じだ。

「おみくじ引く？」

「引こっか」

引いたおみくじを、いっせーのーせで開いてみて、俺たちは笑った。菜々子は大吉。俺はなんと大凶。

「なんだよこれ。お正月は凶とか大凶は出にくいようになってるんじゃないのかよ」

俺がぼやくと菜々子がまた笑う。着物のために髪をアップにした横顔が、すごく綺麗で大人っぽい。

「大丈夫。大吉と大凶が一緒にいれば、どっちも真ん中に寄ろうとしてちょうどいい感じになるよね」

「なんだよそれ。そんなの聞いたことねえよ」

「大丈夫だよ。慶太くん」
菜々子が大丈夫だと言うと、本当に大丈夫だって気がしてくるから不思議だった。

1月1日
彼と初詣に出掛けた。
お母さんの昔着ていた着物を着て、一緒におみくじを引いて。
わたしは大吉、彼は大凶！
ずっとずっと、こんな風にして、一緒に新しい年を祝えたらいいのにな。

そんな風にして、二年の冬休みは終わった。俺は幸せで幸せで仕方がなくて、ずっとこのまま、この幸せが続くことを信じて疑いもしなかった。
その後、俺たちの関係に変化が起こったのは、二年の終わり頃のことだった。

2月20日
彼とのさよならの日が近づいている。
彼にはまだ、話せていない。

「……なんだよこれ……」

いつものように自宅のパソコンに向き合って、ナナのブログを覗いていた俺は思わず呟いていた。俺の頭の中を一気に駆け巡る、驚きと怒りと、戸惑いの気持ち。

その日のナナの日記は、その二行だけ。さよならの日が近づいている？　まだ話せていない？　それっていったい、何のことだよ。幸せに溺《おぼ》れまくっていた俺は、ちょっとしたパニックに陥っていた。

ミキとしてブログを更新することをやめてからも、菜々子と付き合うようになってからも、俺は自分がミキとしてブログを更新していたことを話せていない。だから、菜々子は俺がミキだったということも知らないし、ナナの日記を読んでいることも、もちろん知らない。

『さよならの日が近づいている』

その一文からは、ナナとの、壷井菜々子と俺の別れの日が近づいている、としか読み取れない。

彼にはまだ、話せていない？

俺には言えないような、別れる理由があるってことなのか？

そういえば、と思い当たる節がないわけでもない。最近の彼女は話していてもどこか上の空で、時折ぼーっと俺の顔を眺めていたり、かと思えばいきなり悲しそうな顔をしたりするようなことがあった。俺は、まったくそれを気にしていなかったわけではないけれど、まさか別れを考えていたとまでは思っていなかった。だけど。

「別れようと思ってる？」

なんて聞けるはずがない。だって彼女は、俺がブログを読んでいるなんて、夢にも思っていないのだから。


次の日、今では当たり前になった彼女との帰り道。大抵は学校の最寄り駅まで俺が菜々子を送って行く途中、駅までの道沿いにある小さな公園で、ジュースを買ってベンチに座ってちょっと休憩するのが定番だ。

昨日読んだ日記のことが頭から離れない俺は、いつものようにほんのり幸せそうな微笑みをたたえて他愛ないことを話す彼女に、内心苛立っていた。

「慶太くん、ジュース何にする？　コーラ？」

いつものように、公園のそばの自販機の前で立ち止まる菜々子。近々別れようと思ってる、なんてまるで感じさせない普通の顔で、そんなことを聞いてくる彼女になんだか腹が立つ。

「ああ、いいよ俺は」

素っ気なく返す俺に彼女は「そっか」と、何かを察したように自分もジュースを買うのをやめてしまう。

俺たちは、結局自販機の前を素通りして、公園にも立ち寄ることはしなかった。ちょっとがっかりしたような顔で彼女は俺の隣を歩いている。聞きたいことは山ほどあった。俺と別れるつもりなのか？　だとしたら理由はなんなのか。別れるつもりでいるくせに、なんでそんな風に普通に幸せそうな顔して俺の隣にいられるんだ。

「あのさ」

「ん？　何？　慶太くん」

いつもと同じ、眼鏡の奥の涼しげで子猫みたいな魅力的な目が、俺の顔を見上げている。俺が似合うと言ってから、コンタクトをやめて眼鏡にした菜々子。

俺がコンタクトに戻したらと言ったら、もう、なんて言いながら、やっぱりコンタクトに戻してきたりする菜々子。そんなところが俺は、すごく愛おしい。

「なんか、俺に隠してること、ない？」

聞くのは怖くてたまらなかったけれど、もう聞かずにはいられなかった。俺は菜々子を失うなんてもう考えられなくて、別れるなんて絶対に絶対に嫌だった。菜々子の代わりになる女の子なんて、どこにもいないと知っているから。

ちょっと俯いて、何秒か黙ったまま歩いたあと、菜々子は何かを決意したように顔を上げた。

「……ごめんなさい。慶太くん」

「は……？　何が」

「明日、会ってほしい人がいるの。そのときに、全部話す」

「会ってほしい人……？」

「うん。会ってくれたら、わたしが隠してること、話すから」

それって誰？　隠してることって、何？　別れたいって、思ってるのはやっぱり本当だったのか？

聞きたいことはやっぱり山ほどあったけれど、彼女はもうそれ以上、俺になにも質問させない雰囲気を出していた。

駅で彼女を見送って、明日への不安を胸に抱きながら、俺はいつの間にか家にたどり着いていた。

俺たちふたりは他のカップルがしているみたいに、家に帰ってからも延々メッセージのやり取りをしているとか、ずっとテレビ電話を繋ぎっぱにしてるとか、ふたりで共通のTwitterアカウントを持つとかメッセージのトップをふたりで撮ったプリクラに設定するとかそういうことは、一切していない。

会ったときに話をして、お互いの気持ちは目を見て確かめたいというのが菜々子のポリシーで、俺もそこは同じ気持ちだったから。

だけどひとつだけ、他のカップルが真似したくてもできないコミュニケーションの方法が、俺たちの間には存在する。それは、俺が彼女の心の中を一方的に覗き見るツールを、隠し持っているということだ。

それは他でもない、菜々子の、ナナのブログだった。自分の気持ちをあまり表に出さない菜々子の気持ちは、このブログのナナの日記からなら知ることができる。だから菜々子がなんとなく落ちこんでいるなってとき、日記を読むことで解決できることも多かった。いわばこの日記は、鈍感で無神経に菜々子を傷つけてしまうことの多い俺にとっての、唯一の助け船。だったのだけど。

2月21日
彼に、隠しごとをしていることがバレてしまった。

彼はやっぱりすごい。前にもわたしの考えていることがわかるようなことが何度かあったけど。

明日、彼にすべてを話さなきゃいけない。

彼と、さよならをしなきゃいけない。


「だから、さよならってなんだよ!!」

悲しさと怒りがこみ上げて、パソコンデスクをドン、と殴り付けていた。

「くそっ」

さよならってなんだよ。勝手に決めんなよ。

俺はドンドンと苛立ちに任せて机を殴り続けていた。だんだん拳が痛くなってくる。

「ちょっと！　うるさいんだけど！」

部屋のドアが勢いよくバンと開き、キレ顔の姉貴が怒鳴りこんできた。

「ここマンションなのよ!?　近所迷惑考えなさいよ！　あたしだって受験控えて勉強してんの！　あんたみたいなバカがボコボコ机殴ってあたしが大学落ちたらどうすんのよ！」

「うるせえよ！　姉貴の怒鳴り声のほうがよっぽど近所迷惑だよ！」

「はあ!?　バカの八つ当たりと一緒にしないでよバカ！」

「バカバカうるせえんだよ」

姉貴が般若《はんにゃ》のような顔で俺を睨み付け、バン！　とドアを閉めて出ていった。廊下をわざとドスドスと音を立てながら部屋へ戻る音がする。姉貴の部屋のドアがまたバン！　と勢いよく閉まる音が聞こえた。

いくら成績優秀で美人でも、あの性格はまじでないなと呟く俺。女の子は控え目で、優しくて、柔らかい雰囲気じゃなきゃな。そう、菜々子みたいに。と思いを巡らせてまた悔しい気持ちが湧いてくる。

俺はなんで、菜々子の気持ちに気付いてやれなかったんだろう。別れたいって思うほど、俺は菜々子を知らずに傷つけていたのかもしれないのに。悪いのは、きっと俺なんだろう。でも、だからって、勝手にさよならを決めるなんて、正直やっぱりひどいんじゃないかとも思う。

ひとりでウダウダ考えていても埒《らち》が明かない。明日には真相がわかることにはなっているけど、このままじゃ今夜は眠れそうになかった。

考えた挙句、俺の役立たずの恋愛脳が破裂する寸前に思いついたのは、恋愛にかけては俺より遥かに偏差値の高い女子にこの件について相談してみるということだった。『友だち』の中から選択した恋愛偏差値の高い女子、『七瀬美亜』。少し考えながら画面に指先を滑らせる。

【まじめな相談なんだけどいいかな】

【どうしたの？　まさかふられちゃったとか？　なんてねー】

速攻で返事が返ってきて、しかもほとんど図星だ。やっぱりモテる女子の回答力は半端ない。こうなったら、飾ったりかっこつけたりしても仕方ない。ここはもう正直に彼女の恋愛脳に頼るしかない。

【女の子が付き合ってる男と別れたいって思うときの理由。しかも話し合いもなしに

勝手にもう別れるって決めてるような理由って、何？】

どんな厳しい回答が来ても受け止める覚悟はできている。どこを直せと言われても、菜々子と別れるよりはましだからだ。

【まずそんな内容をわたしに相談しちゃう時点でアウトだけど！　女がいきなり別れたいって言ってくる理由なんて、他に好きな人ができたとか以外ないでしょ】

好きな人？

【俺の他に好きな人ができたから別れたいってこと？】

【絶対にそうだとは言ってないよーあくまでも予想なんだから！　てか、なんでわたしに聞いてんの】

プンプンと怒ってるアニメのキャラクターが送られてくる。

【まあ、水嶋くん、鈍いし。彼女に好きな人ができてても気付かないかもね】

連続で頭を殴られているみたいな衝撃を受ける。

菜々子に好きな人がいる……？

【ちょっと、相談してきといて既読スルーってなによ】

【ごめん。ちょっとショックで】

【壷井さん、最近かわいくなったもんねー。浮気とかあり得るんじゃない？】

追い討ちをかけるような七瀬さんのメッセージはちょっとした意地悪のつもりだろ

うけど、今の俺にとってはダメージがでかすぎる。菜々子に好きな人ができたなら、俺に会わせたい人ってまさか、次の恋人とか浮気相手ってことなのか。嫌な想像ばかりが頭の中を駆け巡る。誰かに取られるくらいならって、誰かが昔の曲のカバーで歌ってたよな、なんて他人事みたいに思い出す。

そのまま七瀬さんを既読スルーして俺は頭を抱えてしまう。

だめだ。絶対眠れない。

菜々子に好きな人ができたなら、俺はどうすればいい？　菜々子に好かれることが当たり前みたいに思っていたツケが、今頃まわってきたような気がする。きっと幸せすぎたんだ、俺は。

どうしようもない孤独と不安が押し寄せて、胸が苦しくなる。なにかにとりつかれたみたいにスマホの画面をスクロールして、自分からは一度もかけたことのない電話番号をタップする。なかなか出ない。いらいらしてデスクをこんこんと指先で叩く。

『なんやこんな遅い時間に』

迷惑そうと言うよりは、心配そうな声だった。初めて俺から電話をかけたのに、まるでいつものことみたいに自然な感じで、彼は言った。それがありがたくもあり、少し恥ずかしくもあった。まるで、俺がいつか頼ってくることが、わかっていたみたいに。

『なんかあったんやろ？　どうしてん』

心強かった。

母親と姉貴と俺と、三人で、誰にも頼らずに生きてきた。誰かを頼るってことは、イコール負けを認めることだみたいに思っていた。友達にだって、近所の人にだって、頼ったことなんてなかった。それが父親のいない俺のプライドでもあったから。

「あの、今から会えませんか」

だけど今、俺は驚くほどすんなりと、こんな甘えた台詞を口にしている。ただの一歳しか違わない、姉貴に惚れているってだけの野球バカの男相手に。

『何時や思てんねん！　彼女か！』

森田はちょっと笑いながら、そう言った。夜の十一時をまわってからいきなり会いたいだなんて、本当にワガママな彼女みたいだ。自分でもそう思う。

「やっぱりいいっす。すいません」

『何言ってんねん、すぐ行くから待っとき。寮からチャリで十分やから。ほんまは夜中に寮抜け出すんは禁止やけど、まあ引退してるしなんとかなるやろ。言っとくけど、君んちがふた駅以上離れてたら断ってたで』

やっぱり笑いながらそう言って、森田は一方的に電話を切った。

いつもなら、「家の場所、知ってるなんてさすがストーカーっすね」とか言い返したいところだったけど、素直に嬉しいと思う気持ちが勝ってしまった。兄貴ってこんな感じかな、と思ったのは二回目。悔しいけど、やっぱり森田はかっこいい。胸の苦しさも、いつの間にか消えている。

チャリで十分って言った森田から、電話がかかってきたのはわずか七分後のことだった。

『着いたで。マンションの下におる』

早っ！　と呟きながらパーカーを羽織ってすぐに部屋を出る。エレベーターを降りる間、俺は菜々子のことばかり考えていた。

マンションのエントランスを抜けると目の前にチャリにまたがった森田が待っていた。風神雷神って書かれた変なトレーナーにジャージ。寝ていたそのままの格好で出てきたって感じだ。

「俺のチャリ漕ぐ速さに焦ったやろ」

大丈夫か？　でもなく、なんで呼んだ？　でもなく、笑いながら得意げにそう言った森田の肩や腕や足首は逞しくて、俺はなんだか泣きそうな気持ちになる。

「とりあえず、これでも飲みながら話そか」

背中に回されたかばんから取り出したのは瓶のデカビタ。なんでそれをセレクトしたのか謎でしかない。

つめたく冷えたそれを受け取って、ふたりでマンションの下の花壇の横のベンチに腰掛けた。

「で、俺に会いたかった理由ってなんなん？　まさかちょっと顔が見たかっただけ、とかホンマに彼女みたいなこと言わんとってや、焦るから」

デカビタをぷしゅっと開けながら森田が笑う。たぶん空気を和ませようとしてくれてるんだろうとわかるから、なんだかこいつは俺よりひとつ年上なだけでずいぶん大人なんだなと思う。

「俺、明日、彼女にふられるんです」

ぼそっと言った俺に、森田はしばらく黙ってデカビタを飲んでいた。星なんてほとんど見えない空を見上げている。

「なんでふられるってわかるねん」

「わかるんです。理由は言えないですけど」

「なんやそれ。わけわからんな」

俺も、デカビタをのどに流しこむ。強い炭酸と酸味が喉を無理やり押し開いていくような感じが心地いい。森田と同じように俺も、星の見えない空を見上げていた。

「なあ」

森田が聞いてくる。

「美貴ちゃんのパジャマってどんなん？」

いきなりの質問に思わずデカビタを噴き出した。

「あの、呼んどいてなんですけど、キモイです」

ははは、と森田が笑う。俺もちょっとだけ笑う。

「彼女に、好きな人ができたのかもしれないんです」

俺が、ぼそっとそう言うと、

「へえ、そうなんや」

と森田は言った。

「彼女に好きな人ができたら、お前は彼女のこと好きじゃなくなるん？」

「……そういうわけじゃないですけど」

「じゃあ、ええやんけ。両想いから片想いに変わるってだけやろ？　お前が彼女のこと好きな気持ちとか、守りたい気持ちとか、そういうのは変わらんやろ」

「……でも、別れたら何もしてあげられないじゃないっすか」

「そんなことないやろ」

「そんなことありますよ」

「俺もちょっと前まで、そう思ってたんやけどな」

そう言って、森田はマンションを見上げた。

「このマンションに、美貴ちゃんが寝てるんやなあ」

「だから、キモイですって」

「俺、もう美貴ちゃんに告白するんはやめようと思うねん」

マンションを見上げたまま、森田は言う。

「もし奇跡的に両想いになったとしよ、奇跡的にな。俺は関西の大学に行く。遠距離で美貴ちゃんを守れるんかって考えたらな、無理やねん。だから美貴ちゃんを愛する気持ちがあるならば、近くにいて美貴ちゃんを守れる男に譲るべきやって悟ってん。卒業までに美貴ちゃんと付き合いたいなんて俺の完全な自己満やろ？　会えなくなるくせに、ただ美貴ちゃんのこと縛り付けて自分のもんにしたいってだけで」

まあでも、ほんまは縛り付けて自分のもんにしたくてしゃあないねんけどな。と自虐的に呟きながら森田は笑った。

俺は森田の話を聞きながら、こんなにも、思われて愛されてる姉貴は幸せな女だと思った。同時に、俺も菜々子のことを縛り付けておきたいのだと思った。相手のことを思って身を引くなんてかっこいい男には、まだなれない。誰かに取られるくらいなら、どこにも逃げられないように小さくて綺麗な水槽に閉じこめてしまいたいと思った。

「あー、でも、ここまできたら我慢するんはかなりツライわ！　目の前のマンションのどっかで美貴ちゃんが無防備に寝てると思ったらそれだけで興奮して吐きそうやわ、俺」

「いや、冗談か本気かわかんなくてただただキモインでやめてください、まじで」

「叶わん恋やったけど、美貴ちゃんに出会えてよかったと思ってる」

もうすぐ卒業やな。と森田は空に向かって呟いた。

真っ暗でなんにも見えない、マンション群の中の空。飛行機の灯りがぼんやりと動きながら、俺たちを見下ろしている。

「俺な、美貴ちゃんに出会うまで、この高校に入学したこと後悔してた。中学のとき、ライバルやったやつらはみんな、もっと強豪の高校にスカウトされて、進学しててな。俺もほんまやったら、大阪の強豪校に進学するはずやった。けど、やっと中学卒業ってときに、実家の会社が傾いてな」

森田は、空を見上げて静かに話す。

「うちの高校、野球部は正直弱かったやろ。だから、ほんまゆうたら大阪の強豪校に残りたかった。だけど、強豪校の特待生枠には俺は入られへんかった。実費で私学に入学するような金もなくて、そのときに、うちの高校が、寮費も学費も全額免除の条件出してきてくれた。こっちを選ぶのが親孝行やって思った」

森田がなんで、今こんな話をしているのか、俺にはなんとなくわかった。それが、俺のためでもあるってことも、森田が姉貴を諦めるために自分で自分に言い聞かせているんだってことも、なんとなく、俺は感じた。

「ひとりでこっちの高校に来て、弱い野球部目《ま》の当たりにして、正直めっちゃ後悔して、へこんでて、練習もやる気なくしてた。そんときに、美貴ちゃんに出会った」

「姉貴なんかの、どこがいいんだかさっぱりわかんないっすけど」

「弟なんかにわかってたまるか。俺にとっては美貴ちゃんは、天使で女神で、神様みたいに見えたんやから。俺にしかわからんってとこが、またええねん」

意味不明なことを言いながら、瓶のデカビタを飲み干す森田。

引退して伸びかけた坊主頭を、無理やりアシンメトリーっぽくカットした髪形は正直言ってかなり微妙で、中途半端この上ないけれど、それでも俺にはものすごくかっこよく見えた。

今日、森田が来てくれなかったら、きっと俺はもっともっと取り乱していただろうし、明日別れを告げてくる菜々子を責めたかもしれなかった。心変わりなら相手の男を殴ったかもしれなかったし、菜々子から意地でも引き剥がして、そいつの不幸を願ったに違いなかった。

だけど、こうやってしょうもない冗談に笑えるくらいに心が落ち着いたのは間違いなく、弟と呼んでくれる人のおかげだった。

本物と偽物

菜々子が待ち合わせ場所に指定してきたのは彼女の家の最寄り駅だった。学校のある、俺の家の最寄り駅から五駅離れた、近くもなくそれほど遠くもないけれどマイナーで馴染みのない駅だった。

菜々子と付き合ってはいるけれど、お互いの家を行き来するようなことはしたことがない。付き合っている、というのも今日で過去形になってしまうのかもしれないけれど。

「慶太くん」

改札を抜けたところで菜々子は待っていた。待ち合わせの時間に菜々子が遅刻したことは一度もなくて、大抵菜々子は先に来て律義に待っている。そういうところも好きだった。

菜々子はふわっとしたニットのワンピースに薄い茶色のダッフルコートを羽織っている。菜々子らしくて彼女に似合う服装だ。別れたら、菜々子の私服を見ることなんてできなくなるんだろうなと考えたら寂しくなった。

だけど不思議なことに、だからこれからは俺の片思いになるってことなのか、と昨日の夜の森田の言い回しを思い出すと、それでもいいかもしれないと思えた。残念なことに俺は菜々子と付き合ったことで、もう他の誰も魅力的には思えなくなってしまったから。

「うち、ぼろぼろだからびっくりしないでね」

隣を歩く菜々子が言った。うち？　うちって菜々子の家のこと？

「家に行くの？　これから？」

「うん。会わせたい人がいるって言ったでしょ」

「言ってたけど……菜々子んちで会うわけ？」

新しく好きになった男と？　てことは菜々子の想い人はもう菜々子の家に入るような関係ってこと？　俺も行ったことないのに？　それって、それっていくらなんでもひどくないか。

「お母さんなの」

「へっ？」

思わず素《す》っ頓狂《とんきょう》な声を出していた。人生で、素っ頓狂なって言葉がしっくりくるような声を出したのは初めてかもしれない。

「お母さんって？　菜々子のお母さんのこと？」

「うん、そうだよ。もちろん」

菜々子は当たり前だみたいな顔をして言った。さらさらの髪は付き合い始めたときよりも伸びて背中に届くくらいになっている。菜々子には長い髪がよく似合っている。

「うち、お父さんがいないって言ったよね。うちの親、シングルマザーなの。離婚して、お父さんがいなくなったとかじゃなくて、はじめからいないほう。だからお父さんは、どこの誰かもわたしは知らない」

あっさりと、誰に気を使うでもないような感じで菜々子は言う。なんてことない、普通のことだっていう感じで。俺の家はもともと父親がいて、離婚してシングルマザーになったほう。だから俺は、父親の顔を知っている。

「お母さんが、わたしのたったひとりの家族」

「そうなんだ」

なるべく、同情や戸惑いが顔に出ないように気を付けながら俺は言った。いつも同情される側の俺は自分よりひょっとするとつらい境遇にいるのかもしれない人に出会うと、どんな顔をしたらいいのかわからなくなる。自分が片親だと告白したときも、いつもつい相手の表情を見てしまうから。

「お母さんね、結婚するんだって」

菜々子は、強い表情で前を向いている。菜々子の家はもうすぐそこにあるのだろう。菜々子は立ち止まる。これは母親に会わせる前に俺に話しておきたいこと、なのかもしれない。俺はやっぱり、どんな顔をしたらいいのかわからなかった。

「わたし、初めてお父さんができるの。おかしいよね、この歳になってさ」

俺はなにも答えることができない。よかったね、ともいいじゃんとも言えない。おめでたいことじゃんなんて簡単に言えることじゃないのは俺が一番よく知っている。俺の母親も一度、再婚しようとしたことがあったから。

「ずっとふたりぼっちで、お母さんが仕事で遅いときは、わたしはひとりぼっちだった。お母さんも、きっと、ずっと寂しかったんだと思うの。ひとりで子どもを育てるのは、きっと、大変だっただろうと思う」

噛み締めるように、どちらかというと自分自身にそう言い聞かせるように彼女はいった。

俺のときもそうだった。母親が再婚しようとしたときに、俺も自分にそうやって言い聞かせることで納得しようとしていたから。結局、気の強い性格の俺の母親は相手とうまくいかなくなって、再婚話はなくなったのだけど。

「とってもいい人なんだ、おとうさん」

『おとうさん』という単語を、彼女はとても丁寧に発音した。まるで、母国語以外の言葉を話しているみたいに。

「お母さんだけじゃなく、わたしのこともすごく大切に思ってくれているのがわかる。小学校の先生でね、とっても優しくて思いやりのある人」

彼女は、俺のほうを見なかった。再び歩き出した彼女はまっすぐに前を見詰めている。

「三年前、おとうさんに初めて会ったとき、わたしね、話し掛けられても返事もしなかった。無視しても、ひとつも嫌そうにしないでいつも優しくしてくれた」

俺は菜々子の話をじっと聞くことしかできないでいた。

「おとうさんが、違う所で先生をすることになって、わたしにも、一緒に来てほしいって、家族になりたいって言ってくれた」

俺はドキドキしながら奈々子の言葉の続きを待った。

「二年の授業が終わったら、わたしとお母さんとで、おとうさんの今住んでいるところに引っ越します。ごめんなさい。ずっと黙っていたこと、悪かったと思ってる。何度も話そうと思ったんだけど、言えなかった」

彼女はやっぱり俺を見ない。お母さんと、新しい『おとうさん』との未来を見つめている。そんな感じがした。

「隠しごとって、そのこと？」

「うん」

「引っ越すって、どこ？　まさか沖縄とか北海道とか、ってわけじゃないだろ」

俺は、必死だったと思う。引っ越して、転校するくらいで別れなきゃならないって理由にはならないよな？　そう言いたかったんだと思う。

「外国なんだ。シンガポール」

そう言って、彼女はどこか遠い空を見上げていた。

今になって思ってみれば、そうだったんだと納得できるような彼女の行動はいくつもあった。普通コースの中ではかなり頭がいいほうで、国公立を狙う特進コースに編入するほどではなかった彼女だけれど、英語だけは抜群に成績がよいのは付き合ってから知った。リーディングもライティングの授業も普通科では一番で、校内にいるネイティブの先生とも普通に会話できるくらいの英語力。

だけど、たまに俺と進路の話になってもなぜか、いつも曖昧《あいまい》な答えしか返ってこなかった。こんなに英語ができるんだから、外大とか外国語学部狙いなのって聞いたこともあったけど、彼女は頷かなかった。

「こんな程度じゃだめだよ」

って彼女はいつも言っていた。

だけどそれは、きっと、謙遜とかじゃなかった。いつかこうなることがわかっていて、向こうでも生活できるくらいの英語力を身に付ける努力をしていたってこと。もうそれは、俺なんかと仲よくなるよりずっとずっと前から、彼女はわかっていたことだったんだ。

「いつまで？　いつまで向こうに行くんだよ」

自分の口調が少し荒っぽくなっていることに気付く。

「いつまでかは、わからない。馴染めたら、ずっとかもしれないし、向こうで進学できるレベルになれるかどうかは、まだわからないから……」

「……菜々子だけ、日本にいるってことは、できないわけ？　親が結婚するからって、菜々子まで向こうに行くなんてそんな……」

「わたしも、いろいろ考えたんだよ。特に、慶太くんと付き合ってからは……日本にいたいって思ったこともあった。だけどわたし、やっぱり守りたいの、お母さんを」

それを言われたら、俺はなんにも言い返せない。どうしようもない寂しさと、でも、嫌われたってわけじゃない、他に好きな人ができたわけじゃない、それだけで、一瞬救われたような気持ちにもなった。だけど、俺にはもう、どうすることもできない事実がそこにある。もう目の前に、菜々子との別れはすぐそこまで来ている。

「はじめまして。ずっとあなたに会いたいと思ってたの」

菜々子の母親は、菜々子にそっくりな人だった。ほっそりとして、儚《はかな》くて、硝子細工みたいな危なっかしい感じで笑う人。そのくせ言葉はとてもしっかりとしていて、真面目そうで、見た目とのギャップにどきっとするような勇ましさと、わざとなのかとぼけているのかわからないような不思議な雰囲気が、菜々子ととてもよく似ていた。

築年数はどれくらいだろうとちょっと不安になるような、古いタイプのハイツの一室が、菜々子と菜々子のお母さんがふたりで住んでいる場所だった。外観の古さとは違い、一歩部屋に入るとどこからかいい匂いがするようなきちんと整頓された家。物は少ないけれど、ひと言で言えばとても落ち着く家だった。部屋の奥から、ハチがちょこちょこと出てきてしっぽをぶんぶんとふっている。

俺が通されたのはちょっと昔の雰囲気の台所。テーブルと椅子が三脚、食器棚や炊飯器や電子レンジが少し窮屈な感じで、でも綺麗に並んだ部屋だった。菜々子の父親になる人が来たときのためにあとから買われたものなのか、一脚だけ椅子がテーブルと合っていなかった。その一脚に、俺が座った。

菜々子と、菜々子の母親。目の前に並べられた少しのお菓子と温かいお茶。

「ごめんなさいね。いきなり呼ばれて驚いたでしょう」

菜々子の母親はふんわりと微笑んでいった。俺は「いいえ、大丈夫です」と答えながら、いったい何が大丈夫なんだと自分の心の中で自分に突っこみを入れていた。

「菜々子がずっと好きだった人に、会ってみたかったの」

「ちょっと！　お母さん！」

顔を真っ赤にした菜々子が、やめてよもう、というと菜々子の母親は「だって、本当のことなんだもの」と拗ねたような感じで菜々子に言った。

「一年生の頃だったかしらね。菜々子が急に、図書室から魚とか水草の本を借りてきてね」

「えっ、図書室？」

菜々子の顔と菜々子の母親の顔を交互に見比べる俺。図書室って学校の？　魚とか水草って、なんで菜々子が？

「偶然、見たの。図書室で慶太くんが、一生懸命何かを調べてるところ」

菜々子が観念したように話し始める。

一年生の頃、俺が図書室で調べものをしていたのは本当だ。バイトを始めたばかりでアクアリウムの知識がなかった俺は、図書室で片っ端からそれ関係の本を読み漁っていた。だけどそこに、同じクラスの女子がいたなんて俺はちっとも知らなかった。

「菜々子ったらね、水嶋くんが読んだ本をこっそり借りたり、自分のパソコンでアクアリウムについて検索したりし始めてね」

菜々子の母親がくすくすと笑う。菜々子は顔を真っ赤にして俯いてしまった。菜々子があのときミキのブログにたどり着いたのも、アクアリウムについて検索していたからで、俺の好きなものを知ろうとしてくれていたからで、だとしたらミキと（俺と）ナナが（壷井菜々子が）繋がったのは、ただの奇妙な偶然なんかじゃない。菜々子が、俺と繋がってくれたんだ。

「水嶋くん、あなたのおかげで、菜々子はずいぶん変わったの。今までこの子が楽しそうに笑うところなんて、ほとんど見たことがなかったのよ。笑ってても、いつもどこか寂しそうで、それはわたしのせいだってずっと思ってた。寂しい思いをさせたのはわたしのせいだから。菜々子から、聞いているかしら。わたし、結婚するの。菜々子のためにじゃなく、自分のために。わたしの好きな人を菜々子が受け入れてくれた。それが嬉しい。ごめんなさい。大人の勝手にあなたたちを巻きこんでしまって」

ゆっくりと、菜々子にそっくりな優しい声で、菜々子の母親は俺に言った。正直で、正しい言葉だと思った。菜々子の母親は、菜々子と俺のことを『あなたたち』と言い、結婚を菜々子のためでなく『大人の勝手』と言った。

それがわかっていて、だから俺に『ごめんなさい』と謝る菜々子の母親は、悲しいくらいに誠実で正直な女性だと思った。菜々子とそっくりな、菜々子の母親。

俺は大丈夫ですとは言わなかった。菜々子と離れることを、大丈夫だとはまだ思えていないから。だけど、小さく頷いた。

菜々子は俺のために、ナナになってミキと繋がってくれた。俺のことを知りたくて、ミキのブログにたどり着いてくれた。ＳＮＳやネットが苦手なはずの菜々子が、ネットの世界でナナとして見ず知らずのミキに語り掛けてきたことが、俺はずっと疑問だった。だけど、すべては俺のことを知りたい思いからだったのだとしたら。

菜々子が離れようと俺を嫌いになろうと俺が菜々子を好きなことには変わりない。

から。

森田は俺にそう言ったから。俺たちは、もうしっかり心で繋がっている。そう思えたから。

「ありがとう。ねえ、うちで晩ごはんを食べていかない？」

菜々子の母親の、ほっとしたような無邪気な笑顔。やっぱり菜々子とそっくりだ。

俺はちょっと笑ってしまう。

「いただきます」

同じ笑顔が目の前にふたつ並んでいる。菜々子の父親になる人が菜々子のことも大切に思ってくれている、というのはきっと本当なのだと俺は思った。菜々子とお母さんは一心同体だ。菜々子を好きなら菜々子の母親を好きになる。菜々子の母親を好きなその人は、きっと菜々子のことも心から大切に思うだろう。

2月22日
初めて彼と、母が会った。
彼に隠していたことを話して、彼と母とわたしで晩ごはんを食べた。
彼と離れるのは、本当はすごくつらい。
彼がわたしのことを忘れてしまうのも、彼が他の誰かを好きになるのも。
だけど、今日は幸せだった。

彼と母と、わたしで笑い合って一緒に過ごしたことはきっと、わたしの一生の思い出になる。

いつか、彼がわたしを忘れても。

彼がわたしにくれたたくさんの言葉をお守りにして、生きていきたいなんて大袈裟かな。

向こうに行けば寂しくて、未練がましいことばかり書いてしまいそうだから、もう日記はやめようと思う。

誰も見ていないから、最後に書いておこうかな。

慶太くん、大好きだよ。


俺は泣かない。だってまだ、菜々子と別れたつもりなんてないんだから。

だけど、なぜだかわからないけれど、俺の頬に生暖かい何かが伝う感触があって、それを気付かないふりをするみたいにカットソーの袖で拭った。

マウスを動かしてナナのブログを閉じる。ナナがもう日記を書かないのなら、もう見ることはないだろう。俺に菜々子の心の中を覗かせてくれた、ナナの日記。ちょっと悩んだ末に、お気に入りから削除することにする。画面を移動するカーソル。

その瞬間、何かにちょっとだけ違和感を覚えてカーソルを戻す。パソコンの画面での違和感は、自分にしかわからない。そう例えば、誰かが勝手に、俺のパソコンを触って何かをしたときのような違和感は。

違和感の正体にはすぐに気が付いた。ずっと更新もチェックもしていなかった、放置していたはずの俺のブログ。俺がミキとして書いていたブログ『Miki's Aqua Room』。ナナがミキに恋愛相談をしてきてから、一度も見ていなかったブログ。そのログイン画面がまるで、つい最近開いたみたいな状態になっている。

不思議に思ってブログを開く。ブルーを基調にしたトップ画像に白抜きの文字で現れる『Miki's Aqua Room』。

そして胸騒ぎの正体にもすぐに気が付いた。放置していたはずのブログが、更新されている？

慌てて過去のブログを遡《さかのぼ》る。

今日だけじゃない。ナナの相談を受けて俺が返事をしなかった翌々日、俺がブログの更新をやめてから、週に一回、多いときは週に二回以上ブログが更新されている。ブログの内容は、ミキが読者の恋愛相談に答えるような内容ばかり。当初のテーマであるアクアリウムについてはまったく触れられていないのだ。まるで俺のアクアリウムは忘れられたかのように、タイトルだけはそのままに、ブログは完全に乗っ取られた状態になっていた。

何よりも驚いたのは、読者の数が爆発的に増えているということ。いったい何が起こっているのかわけがわからなくなり、俺ではない誰かによる最初の更新、つまり、ナナがミキに恋愛相談をしてきたその翌々日に更新されたブログをおそるおそる開く。

10月19日
Miki's Aqua Roomの読者のみなさんはじめまして。

本物のミキです。

びっくりされた方も多いのではないでしょうか?

あたしだってびっくりしてます。

だって勝手に自分を語ったバカな大嘘つきが、あたしの名前とあたしの写真でブログを更新してたんだから!

だけど、読者のみなさんのために、特に偽物のミキに真面目にコメントをくれていたみんなのために、これからはあたしがブログを更新します。

だけどあたし、本物のミキは残念ながらアクアリウムのことにはまったく無知なので、そこはごめんなさい。

さて、ミキに相談をくれたナナちゃん。

今日は本物のミキが相談に答えます。

「なんじゃこりゃ！」

思わず声に出してしまう俺。

本物のミキ？　あたしが質問に答えます？

「あいつ……やりやがった!!」

俺のパソコンを勝手に触れる本物のミキ。そんなのは世界にひとりしかいない。姉貴が、美貴が俺のブログを乗っ取ったのだ。

「くそっ……なんで勝手に……」

焦りと怒りと、でも最初に勝手に写真と名前を使ったのは自分だという罪悪感も手伝って、美貴の部屋に怒鳴りこむことができない俺。復讐《ふくしゅう》された？　そうとしか思えなかった。悔しいけれど、読者の数が爆発的に増えていることが更に腹立たしい。

マウスで画面をスクロールして、本物のミキのブログの続きを読み始める。

ナナちゃん。

相談読みました。

あたしはそんなに素敵な女性でもないし、ナナちゃんの相談に乗ってあげられるかはわからないけれど、同じ女として、気持ちはわかる。

わたしにも、ずっと前から好きな人がいます。

好きな人に好きな人がいて、だけど好きになっちゃうこと、あるよね。

みんな、そういう経験あると思う。

もっと彼を知りたいなら、話したいって言ってくれたなら、話せばいいじゃん！

もったいないよ！

彼があなたと話したいと思ったのは、あなたが魅力的だからだよ。あなたと話すのが楽しいからだよ。

自信を持って。ナナちゃん。

本物のミキより

その日のコメント欄は大変な騒ぎになっていた。


本物のミキさん登場!?　マージーでー!!

前まで偽物だったってのがびっくりだけど、本物降臨嬉しすぎるっす！

アクアリウム無知でも俺はぜんぜんオッケーです！

魚クン♂

偽物を許してブログ引き継ぐとかミキさん神ーー！

アクアリウム無知でも全然オッケーっす！　俺はミキさんのファンなんで！

エビ蔵

ナナちゃんの気持ち、わたしもわかります！　わたしも片想いをしていて、彼には彼女がいて……。みんなで悩みを共有して、みんなで頑張りましょう！

ミキさん！　わたしの悩みも聞いてくださいっ！

マユカ

本物のミキさん。

ミキさんが偽物だったなんて、正直びっくりしすぎて息が止まりそうになりました。

だけど、さすが本物のミキさんだけあって、偽物のミキさん以上に優しく質問に答えてくださってありがとうございます。

自信を持ってって、ミキさんに言われると、頑張ろうって気持ちになります。本物のミキさんにも、好きな人がいるんですね。

ミキさんの好きな人は、どんな人なんでしょうか？

偽物のミキさんとは、どんな関係なのかも気になります……！（笑）

ナナ

完全にやられた。頭を抱えながら、乗っ取られたブログを次々に読んでいく。ミキが偽物だったとカミングアウトされてからも、もともとの読者はほとんど離れていないらしく、それはナナも同じだった。

本物のミキになってからは、更新しているミキ以外にも、読者同士のコメント欄での恋愛相談や励ましにより、なんだか恋愛相談サークルみたいな女子会みたいなノリをナナもミキ本人も楽しんでいるような感じがあった。その証拠に、俺がナナに告白した日のミキのブログのコメント欄は、さらに大変な騒ぎになっている。

10月25日
ナナちゃんから前回のコメントで報告があったので、改めてみんなにお知らせしちゃいます！

なんと！

ナナちゃんが片想いしていた彼から今日！　告白されたそうです！

ナナちゃんは信じられない嘘みたいって言ってるけど、ナナちゃんみたいないい子なら、好かれて当然！

あたしは最初から、その彼はナナちゃんにベタ惚れだって思ってたよ！
おめでと～!!

姉貴のノリノリでハイテンションな更新にもちょっと笑う。その彼が俺だとバレてはないものの、晒《さら》し者になってるみたいでなんとなく腹立たしい。だけどナナは、『ミキさん！　みなさん！　応援してくださってありがとうございます！』とか喜んでるし、コメント欄は『ナナちゃんおめでとう！』の嵐だし、なんだか複雑な気分だ。
ブログの読者やコメントは日に日に増えていく。後半はもう、ミキに恋愛相談してくる女子の読者が大半だ。ミキのブログの内容はその相談に対する返事、そしてコメント欄は他の読者からのその相談に対する返事や励ましといった感じだ。この頃になるともう、もともとはこのブログが偽物のミキ（俺）によるアクアリウムブログだったことなんてほとんどの読者が知らないような状態になっていた。

1月15日
相談をくれたマーヤちゃん！　こんにちは。
いつもブログ読んでくれてるんだねーありがとう！
さて、マーヤちゃんの相談ですが、

『彼と部活、どちらを優先しようか迷っています。彼に嫌われたくなくて、彼と一緒に部活をさぼってしまう自分が嫌なんです。』


マーヤちゃんの気持ち、わかります。

あたしも実は、好きな人がいるんだ。

彼は、部活に命をかけてるような、いわゆる超がつくスポーツバカなのね。

部活サボってる場合じゃない。叶えなきゃいけない夢がある。

なのに何度も何度も、もう笑っちゃうくらいずっと、あたしに告白してくるの。

彼は、あたしが彼を好きだって知らないんだよね。

だからあたしは、ずっと彼の告白を、無視し続けてる。

彼の、あいつの足手まといになりたくないから。

あたしのせいで、彼の夢を奪いたくないから。

あたしはずっと、隠れてこっそりあいつを応援し続ける。ずっと、あいつがあたしを諦めて、あいつに新しい好きな人ができても。ずっと。

それが、あたしの彼への愛なんだ。

なーんてね。

マーヤちゃんも、ほんとはわかってるんだよね。

今、マーヤちゃんが本当は、どうするべきかってこと。あたしが言うまでもなく、マーヤちゃんはわかってる。

違うかな？

2月1日
今日の相談は、ナナちゃんからです。

『大好きな彼と、もうすぐ離ればなれになってしまいます。遠く離れてしまったら、きっともう、彼はわたしのことを忘れてしまうでしょう。だから、彼とはお別れしようと思います。もう簡単には会えない距離になってしまうから、その前に。会えない彼の、心の負担になりたくない。彼には幸せになってほしいんです。だけど、彼のことが大好きです。どうしたら忘れられますか？』

遠距離恋愛は、とっても難しいってみんな聞いたことがあるんじゃないかな。あたしもそう思う。

会うために努力して、気持ちが離れてしまわないか不安で眠れない。

彼の近くにいる人に嫉妬したり、彼を疑ってしまったり。

寂しくて、お互いに心が磨《す》り減って疲れてしまう。まだ結婚できるような歳じゃないならなおさらだよね。

無理に忘れなくたっていいとあたしは思います。

今別れても、別れなくても、いつか一緒になる運命なら、きっとまた結ばれるはずだから。

あたしも、ずっと好きだった彼ともうすぐ離ればなれです。

毎日顔を見られた彼と、もう会えなくなります。

だけど、またいつか、きっとどこかで、
お互いに夢を叶えたそのときに、彼と会えたらいいな。

あたしはそう思います。

彼がナナちゃんの運命の人でありますように。

僕の知らない、いつかの君へ

森田と美貴が高校を卒業し、菜々子は日本を飛び立った。森田は関西の大学リーグで活躍するようになり、姉貴は地元の国立大に進学した。

俺は三年生になり、菜々子のいない寂しさを誤魔化すように、ひたすら受験勉強に集中するようになった。菜々子から俺に連絡が来ることはなく、俺も菜々子に連絡を取ろうとはしなかった。

菜々子のいない一年はあっという間に過ぎ、俺は第一志望の私立大に合格した。高校の卒業式では中岡やクラスの仲間とはしゃぎ、別れを惜しみ合った。七瀬さんとは最後に記念写真も取り、誰もが『寂しいね』と口にしていたけれど、俺は誰と別れる寂しさも、菜々子がいなくなった寂しさに比べればなんでもないように思えた。

大学に進学してから、七瀬さんと中岡が付き合い出したと風の噂で聞いた。中岡がやけに自慢げにTwitterやタイムラインに七瀬さんとのラブラブな写真を載せたりしているんだとか。

それなりに有名な大学に進学した俺は、普通に友達もでき合コンみたいなやつにも誘われれば参加したりした。女の子に言い寄られることもあったけど、どこか乗れない自分がいて、付き合うまでにはいたらなかった。

相変わらず菜々子は自分の現状をＳＮＳで報告したりすることはしなかったし、海外でも無料でやり取りできる通信アプリも使っていないようだった。どこへ行っても菜々子は、菜々子のままなのだろうと思った。

メールも電話もしてこない菜々子だったけど、時折、思い出したように手紙をくれた。菜々子らしい、丁寧できちんとした文字が並んだ手紙だ。短い手紙だったけど、書き出しはいつもこうだった。

『慶太くん。読んでくれるかどうかわからないけれど、手紙を書きます。返事はいりません。言ったよね、わたしはそういうのが好きだって』

俺は返事を書こうか迷ったけれど、いつも書くことはできなかった。手紙を書くと、菜々子のことがまだ好きで、会いたいと書いてしまうに決まっていたから。

そんな風にして、二年が過ぎ、三年が過ぎた。


森田が念願のプロ野球入りを果たしたその年、なんの前触れもなしにふらりと俺に会いにやってきた。大学の近くに下宿している俺に会うために、森田はわざわざ授業が終わってすぐのキャンパスまでやってきた。ちょうど就活が一段落した頃で、俺の大学生活も残りわずかとなった、やけに晴れた日のことだった。

ただでさえ目立つ体格に加え、野球好きであればすぐに顔と名前が一致する程度のちょっとした有名選手となっていた森田は、通り過ぎる大学生たちからかなりの注目を集めている。右手を挙げて俺を呼ぶ森田の、一見かっこいいけれど中身はアホっぽい笑顔はかなり懐かしい。

「テレビで見ました。すごいっすね」

「まぁ、やっとなんとかここまで来たけど、これからが勝負やからな」

高校時代と変わらない表情で、森田が笑う。

「で、わざわざ俺に会いに来てくれた理由ってなんですか」

とりあえずと入った喫茶店で、頼んだアイスコーヒーを啜《すす》る。

「美貴ちゃんのことやけど」

俺はぶっとコーヒーを噴き出した。

「まだ姉貴のこと好きなんすか!?　嘘でしょ」

「なんで嘘つかなあかんねん。アホか」

まさかまだ姉貴のことを森田が想っているなんて知らなかった。俺は四年前、ミキのブログを読んで知った美貴の気持ちも、森田に伝えてはいないのに。

「交換条件や」

森田はジャケットの内ポケットから、何かの封筒を取り出した。

「この中には、お前がほしくてたまらんもんが入ってる。美貴ちゃんに会わせてくれたら、これをお前にやる」

真剣な眼差《まなざ》しを向けられ、封筒を受け取る。

中身を見ると、それは飛行機のチケットだった。行き先は、シンガポール・チャンギ国際空港。思わず目を見張る。

「どうしても今日、美貴ちゃんに会いたい。頼む」

プロ入りして自由になる金ができたとはいえ、他人のためにシンガポール行きのチケットを買うなんて、やっぱりそれなりの思いと意味がある。強引で、相手にノーと言わせない迫力は、高校時代とちっとも変わっていなかった。そう、初めて言葉を交わしたあの日と同じ。

久しぶりの実家はなんとなく気恥ずかしいような変な感じがした。しかも、森田と一緒に来ているから余計に。

実家に電話をかけ、姉貴の在宅を確認してすぐ、森田と一緒に車に乗ってマンション前までやってきた。

「昔、お前に夜中呼び出されてチャリでここまで来たよなぁ」

懐かしいな、と森田が言った。

マンションのエントランスを抜け、森田と一緒にエレベーターに乗る。

「俺はほんまに、お前の兄貴になりたいと思ってるで」

まるで、決意表明みたいにそう言った森田の横顔は、昔よりも数倍逞しかった。

一緒に実家の部屋の前に立つ。玄関のチャイムは俺が鳴らした。

ドアがゆっくりと開き、驚いて思いきり目を見開いた姉貴を目の前に、森田は言った。

「美貴ちゃん、俺と結婚してください。まだまだこれからで、苦労かけるかもしれんけど、でも、絶対に幸せにする」

姉貴はハッと口元を手でおさえて、その見開いた目からぼろぼろと、もうそれは、大粒の涙をこれでもかと流しながら言った。

「……ばっかじゃないの……嫌に決まってるじゃない……」

森田はあはっと照れたように笑ったあと、涙でびしょ濡れの姉貴を力強く抱き締めた。姉貴を抱き締めた森田と目が合うと、森田はウインクをして見せる。

「お前もさっさとかっさらってこい！」

そう、言われたような気がして。森田がくれたチケットを握り締め、俺は全速力で走り出した。

菜々子へ

読んでもらえるかどうかわからないけれど、手紙を書きます。
これから君に、会いに行きます。
返事はいりません。
知ってるよな？　俺はこういうのが好きだって。
もう、逃がしたりはしません。
まだ知らない君をもっと見てみたいから。

追伸
実は俺も君に隠していたことがあります。
会ってくれたら、そのときに話すよ。

慶太

あとがき

こんにちは。木村 咲です。このたびは、本書をお手に取っていただきましてありがとうございます。

今回、第2回スターツ出版文庫大賞の恋愛部門に応募させていただいたこの作品は、高校生の男女が主人公です。

ネットやSNSを通じてだれとでも簡単に繋がることができてしまう今の高校生。会えなくなった友達の近況をすぐに知ることが出来る。自分から話しかけることをしなくても、その人を知ろうと思えばまずは名前を検索してみるだけで多くの情報を得ることができる。学校の授業が終わって家に帰ってからでも、誰が今、どこにいて誰と何をしているか、すぐにわかってしまいます。誰かと常に繋がっているから寂しくない。一見、孤独とは無縁のように思える彼らですが、ひとたびスマホが手元になくなってしまうと途端に、ひとりぼっちの環境に耐えられなくなってしまいます。「バイバイまた明日!」から寝るまでの時間、いつもなら常に繋がっている友達や彼氏、彼女と連絡が途絶えることが耐えられない。自分以外の誰かが今、誰と何を話しているのか気になって仕方がない。便利で幸せなように見えて、どこか窮屈で、とても複雑で難しい人間関係の中に生きています。

そんな彼らに、勇気を出して一日にほんの少しの時間でいい、趣味でも勉強でも読書でもなんでもいいから、スマホの電源をオフにして、本当にひとりの時間を作ってみてほしいな。いつも繋がっていなくても、心で繋がっていられる友達や恋人をみつけてもらえたらいいいな。そんなふうに思って書いたのがこのお話です。

ヒロインのナナは、今どき珍しいちょっぴり古風な女の子、主人公の慶太はまさに今どきのSNS世代、だけどちょっと窮屈な思いを胸に抱いている男の子。正反対のようで、実はどこか似ている、そんなふたりのラブストーリーです。

ヒロインの名前は、わたしが高校生のときに大好きだった漫画、『NANA』から取らせていただきました。友達と一緒にドキドキしながら読んでいた、わたしたちの青春そのものといってもいい、今でも大好きな漫画です。いつの日か続きが読めることを祈って、心は高校生のまま、いつまでもいつまでも待っています。

最後に、この作品に素敵なカバーを描いてくださったカスヤナガトさん、たくさんのアドバイスをくださった編集長の篠原さん、サイトで読んでくださった読者のみなさんに心から感謝します。本当にありがとうございました。

二〇一七年十二月　木村 咲

この物語はフィクションです。実在の人物、団体等とは一切関係がありません。

木村 咲先生へのファンレターのあて先
〒104-0031　東京都中央区京橋1-3-1　八重洲口大栄ビル7F
スターツ出版(株) 書籍編集部 気付
木村 咲先生

僕の知らない、いつかの君へ

2017年12月28日　初版第1刷発行

著　者　　木村 咲　

発 行 人　　松島滋
デザイン　　西村弘美
D T P　　株式会社エストール
編　　集　　篠原康子
　　　　　　堀家由紀子
発 行 所　　スターツ出版株式会社
　　　　　　〒104-0031
　　　　　　東京都中央区京橋1-3-1　八重洲口大栄ビル7F
　　　　　　TEL　販売部　03-6202-0386（ご注文等に関するお問い合わせ）
　　　　　　URL　http://starts-pub.jp/
印 刷 所　　大日本印刷株式会社

Printed in Japan

ISBN　978-4-8137-0378-5　C0193

この1冊が、わたしを変える。
スターツ出版文庫　好評発売中!!

星の涙

みのり　from 三月のパンタシア

定価：本体610円+税

きみとの出会いは
紛れもない奇跡。

感情表現が苦手な高2の理緒は、友達といてもどこか孤独を感じていた。唯一、インスタグラムが自分を表現できる居場所だった。ある日、屈託ない笑顔のクラスメイト・颯太に写真を見られ、なぜかそれ以来彼と急接近する。最初は素の自分を出せずにいた理緒だが、彼の飾らない性格に心を開き、自分の気持ちに素直になろうと思い始める。しかし颯太にはふたりの出会いにまつわるある秘密が隠されていた…。彼の想いが明かされたとき、心が愛で満たされる——。

ISBN978-4-8137-0230-6

イラスト／浅見なつfrom三月のパンタシア

スターツ出版文庫　好評発売中!!

『70年分の夏を君に捧ぐ』　櫻井《さくらい》千姫《ちひめ》・著

2015年、夏。東京に住む高2の百合香は、真夜中に不思議な体験をする。0時ちょうどに見ず知らずの少女と謎の空間ですれ違ったのだ。そして、目覚めるとそこは1945年。百合香の心は、なぜか終戦直前の広島に住む少女・千寿の身体に入りこんでいた。一方、千寿の魂も現代日本に飛ばされ、70年後の世界に戸惑うばかり…。以来毎晩入れ替わるふたりに、やがて、運命の「あの日」が訪れる――。ラスト、時を超えた真実の愛と絆に、心揺さぶられ、涙が止まらない！

ISBN978-4-8137-0359-4 ／ 定価：本体670円＋税

『フカミ喫茶店の謎解きアンティーク』　涙鳴《るいな》・著

宝物のペンダントを犬に引きちぎられ絶望する来春の前に、上品な老紳士・フカミが現れる。ペンダントを修理してくれると案内された先は、レンガ造りの一風変わった『フカミ喫茶店』。そこは、モノを癒す天才リペア師の空、モノに宿る"記憶"を読み取る鑑定士・拓海が、アンティークの謎を読み解く喫茶店だった!?来春はいつの間にか事件に巻き込まれ、フカミ喫茶店で働くことになるが…。第2回スターツ出版文庫大賞のほっこり人情部門賞受賞作！

ISBN978-4-8137-0360-0 ／ 定価：本体600円＋税

『さよならレター』　皐月《さつき》コハル・著

ある日、高2のソウのゲタ箱に一通の手紙が入っていた。差出人は学校イチ可愛いと言われる同級生のルウコだった。それからふたりの秘密の文通が始まる。文通を重ねるうち、実は彼女が難病で余命わずかだと知ってしまう。ルウコは「もしも私が死んだら、ある約束を果たして欲しい」とソウに頼む。その約束には彼女が手紙を書いた本当の意味が隠されていた…。――生と死の狭間で未来を諦めず生きるふたりの純愛物語。

ISBN978-4-8137-0361-7 ／ 定価：本体550円＋税

『放課後音楽室』　麻沢《あさざわ》奏《かな》・著

幼い頃から勉強はトップクラス、ピアノのコンクールでは何度も入賞を果たすなど〈絶対優等生〉であり続ける高2の理穂子。彼女は、間もなく取り壊しになる旧音楽室で、コンクールに向けピアノの練習を始めることにした。そこへ不意に現れたのが、謎の転校生・相良。自由でしなやかな感性を持つ彼に、自分の旋律を「表面的」と酷評されるも、以来、理穂子の中で何かが変わっていく―。相良が抱える切ない過去、恋が生まれる瑞々しい日々に胸が熱くなる！

ISBN978-4-8137-0345-7 ／ 定価：本体560円＋税

スターツ出版文庫　好評発売中!!

『雨宿りの星たちへ』　小春《こはる》りん・著

進路が決まらず悩む美雨は、学校の屋上でひとり「未来が見えたらな…」とつぶやく。すると「未来を見てあげる」と声がして振り返ると、転校生の雨宮先輩が立っていた。彼は美雨の未来を『７日後に死ぬ運命』と予言する。彼は未来を見ることができるが、その未来を変えてしまうと自身の命を失うという代償があった。ふたりは、彼を死なさずに美雨の未来を変えられる方法を見つけるが、その先には予想を超える運命が待ち受けていた。―未来に踏みだす救いのラストは、感涙必至！

ISBN978-4-8137-0344-0 ／ 定価：本体560円＋税

『いつかの恋にきっと似ている』　木村《きむら》 咲《さき》・著

フラワーショップの店長を務める傍ら、ワケありの恋をする真希。その店のアルバイトで、初恋に戸惑う絵美。夫に愛人がいると知っている妊娠中の麻里子。３人のタイプの違う女性がそれぞれに揺れ動きながら、恋に身を砕き、時に愛の喜びに包まれ、自分だけの幸せの花を咲かせようともがく。――悩みながらも懸命に恋と向き合う姿に元気づけられる、共感必至のラブストーリー。

ISBN978-4-8137-0343-3 ／ 定価：本体540円＋税

『そして君に最後の願いを。』　菊川《きくかわ》あすか・著

山と緑に包まれた小さな町に暮らすあかり。高校卒業を目前に、幼馴染たちとの思い出作りのため、町の神社でキャンプをする。卒業後は小説家への夢を抱きつつ東京の大学へ進学するあかりは、この町に残る颯太に密かな恋心を抱いていた。そしてその晩、想いを告げようとするが…。やがて時は過ぎ、あかりは都会で思いがけず颯太と再会し、楽しい時間を過ごすものの、のちに信じがたい事実を知らされ――。優しさに満ちた「まさか」のラストは号泣必至！

ISBN978-4-8137-0328-0 ／ 定価：本体540円＋税

『半透明のラブレター』　春田《はるた》モカ・著

「俺は、人の心が読めるんだ」――。高校生のサエは、クラスメイトの日向から、ある日、衝撃的な告白を受ける。休み時間はおろか、授業中でさえも寝ていることが多いのに頭脳明晰という天才・日向に、サエは淡い憧れを抱いていた。ふとしたことで日向と親しく言葉を交わすようになり、知らされた思いがけない事実に戸惑いつつも、彼と共に歩き出すサエ。だが、その先には、切なくて儚くて、想像を遥かに超えた“ある運命”が待ち受けていた…。

ISBN978-4-8137-0327-3 ／ 定価：本体600円＋税